www.ingramcontent.com/pod-product-compliance
Lightning Source LLC
LaVergne TN
LVHW020424080526
838202LV00055B/5024
9788119022106

کچرا گھر

(ناول)

مصنف:

محی الدین نواب

© Taemeer Publications
Kachra Ghar *(Novel)*
by: Mohiuddin Nawab
Edition: March '2023
Publisher & Printer:
Taemeer Publications, Hyderabad.

ISBN 978-81-19-02210-6
9 788119 022106

مصنف یاناشر کی پیشگی اجازت کے بغیر اس کتاب کا کوئی بھی حصہ کسی بھی شکل میں بشمول ویب سائٹ پر اَپ لوڈنگ کے لیے استعمال نہ کیا جائے۔ نیز اس کتاب پر کسی بھی قسم کے تنازع کو نمٹانے کا اختیار صرف حیدرآباد (تلنگانہ) کی عدلیہ کو ہوگا۔

کتاب	:	**کچرا گھر**
مصنف	:	**محی الدین نواب**
صنف	:	فکشن
ناشر	:	تعمیر پبلی کیشنز (حیدرآباد، انڈیا)
زیر اہتمام	:	تعمیر ویب ڈیولپمنٹ، حیدرآباد
سالِ اشاعت	:	۲۰۲۳ء
تعداد	:	(پرنٹ آن ڈیمانڈ)
طابع	:	تعمیر پبلی کیشنز، حیدرآباد -۲۴
صفحات	:	۱۰۶
سرورق ڈیزائن	:	تعمیر ویب ڈیزائن

تعارف

محی الدین نواب (پیدائش: ۴/ستمبر ۱۹۳۰ء، کھڑگ پور، مغربی بنگال - وفات: ۶/فروری ۲۰۱۶ء، کراچی)-اردو دنیا کے بے مثال اور مقبول عام ادیب وافسانہ/ناول نگار تھے۔ وہ اپنے اردگرد کے ماحول اور انسانی اعمال نیز پیچیدہ بشری نفسیات سے اپنی کہانیوں کی زمین تیار کرتے تھے، بلکہ انھوں نے اپنے کئی ناولوں کی بنیاد حقیقی واقعات پر رکھی ہے۔ یہی وجہ ہے کہ ان کے ناول حقیقت کے عکاس اور واقعیت سے بالکل قریب تر ہیں۔ اسی حقیقت پسندی نے نواب صاحب کو مجبور کیا کہ وہ کہانیوں کا پلاٹ تیار کرتے وقت قاری کے منشا سے زیادہ واقعیت کی رعایت کریں۔ سو ان کی کہانیوں کا آغاز وانجام عین واقعیت کے مطابق ہوتا ہے چاہے وہ قاری کے مزاج ورغبت سے میل کھائے یا نہ کھائے، بلکہ بسا اوقات نتیجہ قاری کی خواہش کے بالکل الٹا نکلتا ہے اور کہانی کا انجام قاری کی چاہت کے برعکس ہوتا ہے۔

زیر نظر ناول "کچرا گھر" ایک ایسے اصول پسند اور دیانت دار استاذ کی کہانی ہے جس نے مروجہ ابتر تعلیمی نظام کا مہرہ بننا گوارہ نہیں کیا، کسی نااہل بچے کو امتحان میں پاس کرنے کے لیے نہ تو معاشرہ کے صاحبِ مسند لوگوں کی سفارش پر توجہ دی اور نہ ہی کبھی رشوت قبول کی۔ اس استاد کی زندگی کا محور ومرکز یہی تھا کہ ایمانداری سے تعلیم دینے کے لیے سب سے پہلے معلم کو ایماندار بننا چاہیے۔ مگر اس راہِ خار سے گزرتے ہوئے اسے کتنی قربانیاں دینے پر مجبور ہونا پڑا اور اپنی زندگی کا کتنا بڑا حصہ گنوانا پڑا، یہ دلگداز ناول اسی قصے کو بیان کرتا ہے۔

انتساب

ان اساتذہ کے نام
جن پر قوم کو فخر ہے

۳۱ دسمبر ۱۹۷۵ء کی آخری رات ہے۔ آدھی رات کو ٹھیک بارہ بجے کی پہلی ٹن کے ساتھ یہ سال گزر جائے گا۔ پھر بارہ بجے کی آخری ٹن کے ساتھ بچوں کا عالمی سال شروع ہو جائے گا۔ ابھی گھڑی کا چھوٹا کانٹا بارہ پر ہے اور بڑا کانٹا بارہ پر آنے ہی والا ہے۔ جب دونوں کانٹے مل جائیں گے اور بارہ بج جائیں گے تو پھر اس دنیا کے تمام بڑے کانٹے، پھول جیسے بچوں کے بارہ بجانا شروع کر دینگے۔

دسمبر کی رات سرد اور کہر آلود ہے۔ کہر کے دھندلکے میں ایک کچرا گھر کی چار دیواری نظر آ رہی ہے۔ آس پاس جتنے مکانات اور دکانیں ہیں، اسکول اور پارک وغیرہ ہیں، ان کا کچرا وہاں آ کر جمع ہوتا رہتا ہے۔ اب وہ کچرا گھر ہاؤس فل ہو چکا ہے۔ ایک پیٹو کی طرح بدہضمی کا شکار ہو کر قے کر رہا ہے اور کچرے کو باہر سڑک کی طرف اگلتا جا رہا ہے۔

اب دونوں کانٹے مل رہے ہیں۔ گھڑی کا پنڈولم لرزتے ہوئے پہلی آواز دے رہا ہے۔ "ٹن"!

ٹن . . . . آغاز ہو رہا ہے

ٹن . . . . ایک بڑی سی قیمتی کار سڑک کے کنارے آکر رک رہی ہے۔ اس کی ہیڈ لائٹس بجھ رہی ہیں۔ کار کے اندر تاریکی ہے۔ اگلی سیٹ پر دو سائے نظر آرہے ہیں۔ وہ انسان ہیں مگر تاریکی میں بھوت نظر آرہے ہیں ـــــ!

ٹن . . . . وہ کار میں چھپے ہوئے محتاط نظروں سے باہر دور تک دیکھ رہے ہیں۔ وہ مجرم ہو سکتے ہیں۔

ٹن . . . . وہ جاسوس ہو سکتے ہیں۔ چھپ کر یہ دیکھنا چاہتے ہیں کہ جرائم کی تکمیل کیسے ہوتی ہے؟

ٹن . . . . وہ میونسپلٹی کے آفیسر ہو سکتے ہیں۔ یہ سمجھنے آئے ہیں کہ ان کے محکمے کے لوگ اس کچرا گھر میں کچرے کی تاریخ کیوں مرتب کر رہے ہیں؟

ٹن . . . . ایک سایہ کار کا دروازہ کھول کر باہر آگیا ہے اور اب پچھلی سیٹ کا دروازہ کھول رہا ہے۔

ٹن . . . . دروازہ کھلنے سے کار کے اندر دھیمی سی روشنی ہو جاتی ہے۔ اس روشنی میں پچھلی سیٹ پر کچھ کچرا نظر آرہا ہے۔

ٹن . . . . ہمارے شہروں میں کچرا پھینکنے کا معقول انتظام

نہیں ہے۔ کچرا گھر اپنے گھر سے اتنی دور ہوتا ہے کہ بعض بے چاروں کو
اپنی کار میں کچرا لاد کر لانا پڑتا ہے۔

ٹن..... اس نے کچرے کی باسکٹ اٹھالی ہے۔ اور پچھلا
دروازہ بند کر رہا ہے۔

ٹن..... رات بڑی سرد ہے۔ وہ باسکٹ اٹھائے تھر تھر
کانپ رہا ہے۔ اور ڈگمگاتے ہوئے قدموں سے کچرا گھر کی طرف بڑھتا
جا رہا ہے۔

ٹن..... ہاؤس فل ہے۔ باہر تک کچرے کی سیج سجی ہے
اس نے اس سیج پر باسکٹ رکھ دی ہے۔ اور اب واپس جا رہا ہے۔

آخری ٹن..... بچوں کا عالمی سال شروع ہو چکا ہے۔
باسکٹ کی گود میں بچہ رو رہا ہے، نئے سال کی پہلی آواز سنا رہا ہے۔

کچرے کی تعریف یہ ہے کہ غیر ضروری سامان، تن کی غیر ضروری
غلاظتیں اور انسان کی غیر ضروری تخلیقیں جو گھر سے باہر پھینکی جاتی ہیں۔ وہ
کچرا کہلاتی ہیں۔ اور کچرا گھر کی تعریف یہ ہے کہ کوئی انگلی اٹھا کر یہ نہیں
کہہ سکتا کہ کونسا کچرا کس کے گھر سے آیا ہے۔ وہ سارے عالم کا کچرا ہے
اور وہاں وہ سارے عالم کا بچہ ہے۔ وہ بچہ میرا ہے — وہ بچہ آپ
کا ہے اور وہ بچہ آپ سب کا ہے۔ عالمی سال کا بچہ ہے۔

❖

میرا نام نظام ہے۔ چونکہ میں بوڑھا ہوں۔ اس لئے تمام بچے مجھے نظام بابا کہتے ہیں۔ میں مملکتِ کچرآآباد کا حاکم ہوں۔ میرے حکم کے بغیر کچرے کا ایک تنکا بھی اِدھر سے اُدھر نہیں ہل سکتا ہے اور نہ ہی کوئی بچہ میری اجازت کے بغیر ٹوٹے پھوٹے کھلونے اور روٹی کے ٹکڑے وہاں سے چن سکتا ہے۔ میرے پاس ہمیشہ ایک چابک رہتا ہے۔ اسے دیکھ کر کچرا چننے والے بڑے بوڑھے اور بچے سہم کر دور بھاگ جاتے ہیں۔ یا پھر میرے حکم کی تعمیل کرتے ہیں۔

میں گرمی کے موسم میں کچراگھر کے باہر ہوتا ہوں۔ سردی اور بارش کے دنوں میں کوڑا کرکٹ کا کچھ حصہ اس گھر سے باہر نکال دیتا ہوں۔ اس طرح وہاں میرے رہنے اور سونے کی جگہ بن جاتی ہے۔ اس رات میں بڑے آرام سے کچرے کی سیج پر سو رہا تھا کہ اچانک ہی آنکھ کھل گئی۔ ایک بچے کے

رونے کی آواز آرہی ہے۔ آواز بہت ہی قریب تھی۔ میں نے کچرا گھر سے سر نکال کر دیکھا۔ پہلے تو کچھ نظر نہ آیا۔ پھر ایک کار اسٹارٹ ہو کر مڑنے لگی تو اس کی ہیڈ لائیٹ کی روشنی گھومتی ہوئی ایک باسکٹ پر سے جھلملاتی ہوئی گزر گئی۔ اس کے بعد وہ کار تیز رفتاری سے بھاگتی ہوئی نظروں سے اوجھل ہو گئی۔

بچّہ رو رہا تھا۔ شاید اسے ٹھنڈ لگ رہی تھی۔ میں کچرے پر چاروں ہاتھ پیروں سے رینگتا ہوا باسکٹ کے قریب آیا۔ پھر اسے قریب کھینچ کر اس کے اندر ہاتھ ڈالا۔ وہ کمبل میں لپٹا ہوا تھا۔ صرف اس کا سر کمبل سے باہر تھا۔ وہاں کچھ تو تاریکی تھی اور کچھ میری نظریں کمزور تھیں۔ اس لئے میں اس کی صورت نہیں دیکھ سکتا تھا۔ بس اتنا معلوم ہو سکا کہ وہ بچّہ نہیں بچّی ہے۔

میں نے کمبل سمیٹ اسے اٹھا کر سینے سے لگایا۔ پھر وہاں سے اُٹھ کر دور دور تک دیکھتے ہوئے چیخنے لگا۔

"یہ بچّی کس کی ہے؟ اسے کس نے یہاں پھینکا ہے؟ ارے یہ کچرا نہیں ہے۔۔۔!"

میں چیختے ہوئے بچّی کو اٹھائے اِدھر اُدھر بھاگنے لگا۔ شاید اسے چھوڑنے والے نظر آجائیں۔ شاید میری آواز پر کسی باپ کی غیرت واپس آجائے۔۔۔ بچّی بھی آواز دے رہی تھی، شاید کسی ماں کی ممتا جاگ جائے۔۔۔ مگر یہ رات کی تاریکی بڑی حرام زادی ہوتی ہے۔۔۔

حرام جننے کے بعد گونگی بہری بن جاتی ہے

میں چیختے چیختے تھک گیا۔ مجھے سردی لگ رہی تھی۔ میرے دانت بج رہے تھے۔ بچی بھی روتے جا رہی تھی۔ میں باسکٹ اٹھا کر کچرا گھر میں آ گیا۔ اس وقت بچی تھوڑی دیر کے لئے چپ ہو گئی۔ شاید اسے حرارت مل رہی تھی۔ کوڑے کرکٹ کے ڈھیر میں بڑی گرمی ہوتی ہے سگریٹ کے ٹوٹے سے بکھرے ہوئے تمباکو کی بو، مچھلی، گوشت اور انڈے وغیرہ کی لبساند، باسی چیزوں کی سڑاند اور طرح طرح کی بدبو جن کو نام نہیں دیئے جا سکتے۔ لیکن جن کی تاثیر سمجھ میں آتی ہے کہ اتنی ساری عفونت کے باعث کچرا گھر کی فضا گرم ہو جاتی ہے۔

جب وہ حرارت پا کر چپ ہوتی تو میں سوچنے لگا، اس بچی کو کیا کروں؟ اسے کہاں چھوڑ کر آؤں؟ میں نے آج تک اپنے گھر کا کچرا کسی دوسرے کے دروازے پر نہیں پھینکا۔ دوسروں کی پھینکی ہوئی چیزوں کو سمیٹتا رہا ہوں۔ اب قدرت نے زندہ کچرا میری گود میں لا کر ڈال دیا تھا۔ مجھے بچے پالنا نہیں آتا۔ میں بھلا اس کی پرورش کیسے کر سکتا تھا ——؟

وہ پھر رونے لگی —— بڑی نخریلی تھی۔ کسی بڑے گھر کی بیٹی تھی —— میں "او- او- او- آ- آ- آ" کی آوازیں نکالتے ہوئے اسے اپنے بازوؤں میں جھلانے لگا۔ لیکن وہ چپ نہیں ہونا چاہتی تھی۔ یقیناً اسے بھوک لگ رہی تھی —— میں اسے دودھ کہاں سے پلاتا؟ بڑے گھر کے لوگ

دودھ کے ڈبّے پھینکتے تو انھیں کھُرچنے سے تھوڑا بہت دودھ پاؤڈر نکل آتا۔ لیکن اس وقت وہ بھی نہیں تھا۔

پھر میں نے سوچا کہ جو اُسے چھوڑ گیا ہے وہ اس کا گلا دبا کر بھی مار سکتا تھا۔ لیکن اس خیال سے چھوڑ گیا ہے کہ شاید زندہ بچ جائے۔ اگر ایسا ہے تو پھر اس کی زندگی کا بھی کچھ سامان کیا ہوگا۔ اس خیال کے آتے ہی میں باسکٹ میں ہاتھ ڈال کر ٹٹولنے لگا۔ وہاں بچی کے ننھے سے لباس تھے۔ لباس کے اندر کاغذات کی ایک گڈی ملی۔۔۔ سکّہ رائج الوقت اندھیرے میں بھی سونگھ لئے جاتے ہیں۔۔۔ نوٹوں کی بُو ہزاروں میں پہچانی جاسکتی ہے۔۔۔ میرا دل خوشی سے دھڑکنے لگا۔ وہ بچّی تو میرا مقدر چمکانے آئی تھی۔۔۔!

وہ کتنی رقم ہوگی؟ نوٹوں کو گننے کے لئے دل مچل رہا تھا۔۔۔ مگر وہ رو رہی تھی۔ اس کی آواز سن کر نائٹ چوکیدار، یا گشت کرنے والے سپاہی آسکتے تھے اور ہاتھ آئی ہوئی دولت تک پہنچ سکتے تھے۔ میں نے باسکٹ کی مزید تلاشی لی تو ایک چھوٹی سی شیشی ہاتھ آئی۔۔۔ اسے کھول کر سونگھنے سے پتہ چلا کہ شہد ہے۔۔۔ میں نے فوراً ہی ایک انگلی شہد میں بھگو کر بچّی کے منہ میں رکھ دی۔ وہ ایک دم سے چُپ ہوگئی۔

وہ میری انگلی کو چوس رہی تھی۔ اس کے ننھے سے ہونٹ ایسے ملائم سے تھے کہ مکھن کی ملائمت بھی کچھ نہ ہوگی۔ وہ میری انگلی کو منہ میں کھینچ رہی تھی اور میرا دل اس کی طرف کھنچا جارہا تھا۔۔۔ اسی سے اندازہ ہوا کہ

ماؤں کے دل کتنی شدّت سے اپنی تخلیق کی طرف کھنچے چلے جاتے ہوں گے۔
سچ کہتا ہوں، اس وقت میرے اندر ممتا پیدا ہو رہی تھی۔ ایسا یقین پیدا ہو رہا تھا کہ وہ ساری کی ساری میری ہے۔ میں اب تک کچروں کا مالک تھا۔ اب ایک جیتی جاگتی بچّی کا بلا شرکتِ غیرے مالک بن گیا تھا۔

وہ انگلی چوستے چوستے سو گئی۔ میں نے بڑی آہستگی سے اُسے سوکھی گھاس اور سڑتی ہوئی سبزیوں کے بستر پر سلا دیا۔ اس کی ماں اگر سنگدل نہیں ہوگی تو اپنی ایئر کنڈیشنڈ خواب گاہ کے معطّر معطّر ماحول میں اس بدبو سے گھبرا کر بار بار سانس روک رہی ہوگی، جو اس کی نوزائیدہ بیٹی کے بستر سے اُٹھ رہی ہے۔ ایسی بدنصیب بدعقل عورتیں بھی ہوتی ہیں، جو اپنے بدن کی خوشبو نوچ کر پھینک دیتی ہیں اور ساری عمر پچھتاوے کی بدبو میں سانس لیتی رہتی ہیں۔

میں نے نوٹوں کی گڈّی اٹھائی۔ اس گڈّی میں سَو سَو کے نوٹ تھے۔ میں نے گنتی شروع کی۔ ایک سے پچاس تک گنتا چلا گیا۔ پورے پانچ ہزار روپے تھے۔ مجھے یاد نہیں آیا کہ میں نے کتنے عرصہ بعد اتنے سارے روپے اکٹھے دیکھے تھے۔ وہ روپے اب میرے تھے۔ بالشت بھر کی بچّی انھیں خرچ نہیں کر سکتی تھی ــــــ اتنی بڑی رقم اس کے ساتھ اس لئے رکھی گئی تھی کہ اسے اٹھانے والا بچّی کو بھی اُٹھا لے۔ دوسرے لفظوں میں وہ بچّی کو گود لینے کا معاوضہ تھا۔

لیکن اتنی بڑی رقم دیکھ کر میرے ہاتھ پاؤں پھول گئے تھے کہ میں اُسے

کہاں چھپاؤں۔؟ پولیس والے مجھے اس رقم کے ساتھ دیکھ کر یہی کہیں گے کہ میں نے کسی کے گناہ کو چھپانے کا معاوضہ لیا ہے۔ پھر وہ میرے پیچھے پڑجائیں گے کہ میں بچی کے ماں باپ کا نام بتاؤں۔ نہیں بتا سکوں گا تو ڈنڈے پڑیں گے۔ میں بینک میں اکاؤنٹ نہیں کھول سکتا تھا۔ کیونکہ میں حساب نہیں دے سکتا تھا۔ یہ نہیں بتا سکتا تھا کہ پانچ ہزار کی ایڈ کیسے مجھ تک پہنچی ہے۔؟

دولت آتی ہے تو پریشانیاں لیکر آتی ہے۔ مزید پریشانی یہ تھی کہ میں وہ رقم کوڑا کرکٹ کی تہہ میں چھپاکر نہیں رکھ سکتا تھا۔ میونسپلٹی والوں کی طرف سے خطرہ نہیں تھا کہ وہ کچرا گھر کی صفائی کے لئے آئیں گے۔ خطرہ سیاسی لیڈروں سے تھا۔ الیکشن کے دن قریب آرہے تھے۔ لیڈر حضرات اپنی کارکردگی سے متاثر کرنے کے لئے اپنے اپنے علاقوں میں اسکول اور اسپتال کھولنے، سڑکیں بنوانے، پانی فراہم کرنے اور تمام علاقوں کو صاف ستھرا رکھنے کی دھمکیاں دے رہے تھے۔ کسی دن وہ مہتروں کو لیکر اس کچرا گھر کی صفائی کے لئے بھی آسکتے تھے۔۔۔ اس لئے میں یہ رقم کچرے کی تہہ میں چھپاکر نہیں رکھ سکتا تھا۔

سوچتے سوچتے بہت دیر ہوگئی۔۔۔ رات گزرنے لگی۔ تب سمجھ میں آیا کہ دولت آتی ہے تو نیند کیوں نہیں آتی۔ غریب دولتمند چوروں کے ڈر سے نہیں سوتے۔ اور امیر دولتمندوں کو انکم ٹیکس والے سونے نہیں دیتے۔ آخر میرے دماغ نے سمجھایا کہ میں یہ دولت

لیکر کیا کروں گا۔؟ مجھے تینوں وقت جھوٹا اور باسی کھانے کو مل جاتا تھا پہننے کے لئے چیتھڑے میسّر تھے۔ رہنے کے لئے مکان تھا۔ دل میں کوئی آرزو نہیں تھی، ورنہ اس کی تکمیل کے لئے پیسوں کی ضرورت ہوتی۔ جینے کی امنگ بھی نہیں تھی کہ مستقبل کے لئے بچت اسکیم پر عمل کرتا۔ پھر وہ رقم میرے کس کام آسکتی تھی۔؟

بے شک میں اتنی بڑی رقم دیکھ کر خوشی سے پھول گیا تھا۔ یہ اس لئے کہ انسان کو دولت کی ہوس ورثے میں ملتی چلی آتی ہے۔ پیسے کی ضرورت ہو یا نہ ہو، ہم اسے دیکھ کر ضرور خوش ہوتے ہیں، بہر حال جلد ہی یہ بات سمجھ میں آگئی کہ مجھے خوش نہیں ہونا چاہیئے۔ میں نے اپنی زندگی میں جتنا پایا، اس سے زیادہ کھودیا۔ یہ رقم اور یہ بچی دونوں صبح ہوتے ہی چھن جائیں گی۔

کچرا آباد کی صبح اس طرح ہوتی ہے کہ اذان کے بعد سب سے پہلے میری حکومت کا راشننگ آفیسر آتا ہے۔ وہ بارہ برس کا ایک چھوکرا ہے اس کا نام کھاتو ہے۔ اس لئے کہ بہت کھاتا ہے۔ اس کی ڈیوٹی یہ ہے کہ باہر سے کھانے کا جتنا سامان میری مملکت میں پھینکا جاتا ہے۔ وہ ان سب کو بٹور کر ایک جگہ رکھتا ہے۔ آس پاس کے فلیٹس، کوٹھیوں اور دوکانوں سے صبح پانچ بجے سے دن کے گیارہ بجے تک ہمارے لئے ناشتہ پہنچتا رہتا ہے۔ گیارہ بجے سب سے پہلے اچھی چیزوں کا انتخاب کرکے میں خود کھاتا ہوں ــــ کھاتو اور کچرا چننے والے دوسرے بچے

میرا منہ تکتے رہتے ہیں۔ جب میرا پیٹ بھر جاتا ہے تو کھا تو میرا جھوٹا کھانے کے لئے بیٹھتا ہے اور دوسرے بچے اسی طرح منہ تکتے رہتے ہیں پھر اس کا جھوٹا کھانے کے لئے دس برس کی ایک لڑکی کچرے کے دستر خوان پر آکر بیٹھتی ہے۔

اس چھوکری کا نام سکینہ ہے۔ کچرا آباد میں جو خالی ڈبے۔۔۔ اور۔۔۔ خالی بوتلیں در آمد ہوتی ہیں، انھیں سکینہ سنبھال کر رکھتی ہے چھوٹے بڑے کاغذات چن کر ان کا بلندہ بنا کر باندھتی ہے۔ یہ تمام مال ردی اور شیشی بوتل خرید نے والوں کو فروخت کیا جاتا ہے۔ اس کے بعد دوسرے بچے جمال، راشد، خالدہ، للو اور منو وغیرہ اس کچرے سے بھوسی، ٹکڑے، ٹوٹے ہوئے کھلونے، بٹن اور ہیئر پن جیسی قیمتی سی چیزیں نکال کر جمع کرتے ہیں۔ تمام دن محنت کرتے ہیں۔ اس لئے میں انہیں تین وقت کا بچا ہوا کھانا دیتا ہوں۔ ردی بیچنے سے جو تھوڑی بہت رقم ہاتھ آتی ہے۔ اس میں سے کچھ مہتروں کو دیتا ہوں تاکہ وہ صفائی نہ کریں۔ پولیس کے آدمیوں کو دیتا ہوں تاکہ وہ مجھے کچرا گھر سے بے دخل نہ کریں۔ کچھ اپنے کھانسی بخار کے لئے رکھتا ہوں۔ باقی پیسے بچوں میں تقسیم کر دیتا ہوں۔

نئے سال کی پہلی صبح میری گود میں ایک ننھی سی بچی کو دیکھ کر تمام بچے ٹھٹھک گئے۔ وہ بچی اتنی حسین تھی کہ اس گندگی کے ڈھیر میں اسے دیکھ کر خود مجھے یقین نہیں آتا تھا کہ وہ میری گود میں رکھی ہوئی ہے۔

لیکن دوسرے بچے کچھ اور ہی سوچ کر ٹھٹھک گئے تھے۔ راشد نے پوچھا
"نظام بابا! کیا یہ بھی ہمارے حصّے میں سے کھایا کرے گی۔؟"
وہ بڑا اہم سوال تھا۔ کوئی اپنے حصّے کی روٹی کسی کو نہیں دینا چاہتا تھا۔
کچرا آبادی میں ایک بچی کا اضافہ نہیں ہونا چاہیئے تھا۔ میں نے کہا۔
"فکر نہ کرو — میں ابھی اس بچی کو ٹھکانے لگا کر آتا ہوں۔ میرے
واپس آنے تک کوئی یہاں کھانے میں بے ایمانی نہ کرے۔ ورنہ میں چابک
سے کھال ادھیڑ ڈالوں گا۔"
میں بچی کو ایک کپڑے میں لپیٹ کر وہاں سے اُٹھ گیا۔ کتنے ہی
لڑکے لڑکیاں صاف ستھرے لباس پہنے اسکول جا رہے تھے — ایک
دکان دار نے پوچھا۔
"اے بڈھے! کیا لے جا رہا ہے۔؟"
"ایک بچی ہے!"
"کس کی ہے؟"
"آپ ہی کی ہے جی۔۔۔۔"
وہ ہنسنے لگا۔ پتہ نہیں لوگ بات سمجھے بغیر کیوں ہنس دیتے
ہیں۔ آگے ایک فلیٹ کے دروازے پر ایک عورت اپنے بیٹے کو اسکول
کے لئے رخصت کر رہی تھی۔ اس نے پوچھا۔
"نظام بابا! اتنے صاف ستھرے کپڑے میں کیا لے جا رہے ہو؟"
میں نے قریب پہنچ کر اسے بچی دکھائی۔ وہ حیرانی سے بولی۔

"اللہ کتنی خوبصورت ہے۔ کس کی ہے؟"

"آپ ہی کی ہے بی بی جی!"

"اے خدا نہ کرے کہ میری ہو۔" وہ ناراض ہو گئی۔ "گویا مجھے میرے میاں سے جوتیاں کھلانا چاہتے ہو۔ سچ بتاؤ! اسے کہاں سے لائے ہو؟"

"بی بی جی! میں ایک کچرے کا بھی حساب نہیں بتا سکتا کہ وہ کس کے گھر سے آتا ہے۔ اس کچرا گھر میں بہت سی قابلِ نفرت اور شرمناک چیزیں آتی ہیں۔ ان میں سے ایک یہ بھی ہے۔"

میں آگے بڑھ گیا۔ میرے ساتھ ساتھ اس علاقے میں یہ بات بھی پھیلتی گئی کہ کچرا گھر کے بڈھے کی گود میں کوئی ایک نوزائیدہ بچی کو چھوڑ گیا ہے یا چھوڑ گئی ہے۔ میں سوالوں اور جوابوں سے گزرتا ہوا پولیس اسٹیشن کے احاطہ میں پہنچ گیا۔ سپاہی نے مجھے اندر نہیں جانے دیا۔ میرے بدن پر گرد و غبار کی ایسی تہیں جمی رہتی ہیں کہ لوگ مجھے دیکھتے ہی ناک سکوڑ لیتے ہیں۔ اتفاق سے تھانے کا انچارج اس وقت ڈیوٹی پر حاضر ہونے کے لئے آ رہا تھا۔ میں نے کہا۔

"جناب! کل رات کچرا گھر میں کوئی اس بچی کو چھوڑ گیا ہے۔"

تھانیدار کی بھویں سکڑ گئیں، تیور بدل گئے۔ اس نے غرا کر پوچھا۔

"ہوں، کوئی چھوڑ گیا ہے یا تمہیں دے گیا ہے؟ اندر آؤ۔"

آخر وہی ہوا جس کا مجھے ڈر تھا۔ اگر کوئی چوری کا مال پا کر واپس

کرنے جائے تو تھانے کے دروازے پر پہنچتے ہی خود چور کہلانے لگتا ہے.
تھانیدار نے دفتر کے کمرے میں پہنچتے ہی میز پر سے بید کی لمبی چھڑی اٹھائی۔ پھر گرج کر کہا۔

" سچ سچ بتا رے ــــ اگر کسی رئیس کی بچّی ہے تو میں اس سے نمٹ لوں گا۔"

" جناب ! یہ کسی بہت ہی مالدار کی بیٹی ہے . مگر میں اسے نہیں جانتا ہوں ۔"

" ابے حبب تو اسے جانتا نہیں ہے تو یہ کیسے معلوم ہوا کہ وہ بہت مالدار ہے ۔؟"

" وہ ایسے معلوم ہوا جی کہ جس باسکٹ میں یہ بچّی تھی۔ اس میں پانچ ہزار روپے بھی تھے ۔"

" پانچ ہزار ـــ ؟" تھانیدار کے ہاتھ سے چھڑی گر پڑی۔ وہ ایک دم سے محتاط ہو گیا ۔ اس نے آس پاس دیکھا کوئی سپاہی بھی نہیں تھا ۔ بلکہ اب کمرے میں ایک سپاہی آنا ہی چاہتا تھا۔ اس نے کہا۔

" تم دروازہ بند کر کے باہر کھڑے رہو ـــ میں اس بوڑھے سے بچّی کے ماں باپ کا پتہ معلوم کر رہا ہوں ۔"

سپاہی نے باہر جا کر دروازہ بند کر دیا ـــ تھانیدار نے بڑی رازداری سے پوچھا۔

"کہاں ہیں وہ پانچ ہزار؟"

میں نے بچّی کو میز پر لٹا دیا۔ پھر اپنے میلے جیکٹ اور کوٹ کی اندرونی جیب سے پانچ ہزار کی گڈی نکال کر اس کے آگے رکھ دی۔

اس نے لپک کر اسے اٹھایا۔ محتاط نظروں سے دروازے کی طرف دیکھا۔ پھر نوٹ گننے لگا۔ اضطراب کی حالت میں بار بار گنتی بھول جاتا آخر اسی طرح گڈی کو اپنی جیب میں ٹھونستے ہوئے بولا۔

"ٹھیک ہی ہوں گے ـــــ میں جانتا ہوں تم بہت ایماندار ہو۔ ایک عرصے سے اس کچرا گھر میں رہتے آرہے ہو۔ اگر کوئی دوسرا ہوتا تو میں اسے حوالات میں بند کر دیتا۔"

"مہربانی ہے جناب! اب میں جاؤں۔"

"ٹھہرو میں ابھی رپورٹ لکھوں گا۔ پھر آج کسی وقت اخبارات کے رپورٹر اور فوٹو گرافرز تمہارے پاس آئیں گے۔ تم ان سے کہنا کہ باسکٹ میں صرف بچّی تھی۔ پانچ ہزار کا ذکر نہ کرنا۔"

"نہیں کروں گا، اب میں جاؤں۔؟"

"ہاں ـــ مگر اچھی طرح یاد رکھو، پانچ ہزار کا ذکر کسی کے سامنے نہ کرنا۔ ورنہ میں تمہیں کچرا گھر سے بھگا دوں گا۔"

"نہیں جناب! ایسی غلطی کبھی نہیں کروں گا، آپ مجھے وہاں سے نہ نکالیں۔"

"اچھا جاؤ ـــ میں رپورٹ درج کر لوں گا۔"

میں دروازے کی طرف بڑھنے لگا۔ اس نے ڈانٹ کر بچّی کی طرف اشارہ کیا۔

"ابے اس لعنت کو تو اٹھا کر لے جا۔"

میں نے پلٹ کر بچی کو دیکھا۔ پھر پریشان ہوکر پوچھا۔

"آ۔ آپ اسے تھانے میں جمع نہیں کریں گے؟"

"تیرا دماغ چل گیا ہے۔ یہ کوئی جمع کرنے والی چیز ہے؟ اٹھا کر لیجا اس حرام کی اولاد کو۔ ۔ ۔ ۔"

کیسی عجیب بات ہے، وہ بچّی حرام کی سمجھی جارہی تھی۔ اس کے پیسے حرام نہیں تھے۔ تھانیدار نے سپاہی کو دروازہ کھولنے کو کہا۔ میں نے بچی کو اٹھالیا، وہ کہہ رہا تھا۔

"بچّی کی ذمہ داری تجھ پر ہے۔ اگر تو اسے کہیں پھینکے گا۔ یا ہماری اجازت کے بغیر کسی کو دے گا تو پھر سمجھ لے کر تیری شامت آجائے گی۔"

میں بوجھل قدموں سے چلتا ہوا پولیس اسٹیشن سے باہر آگیا پانچ ہزار کا بوجھ سر سے اتر گیا تھا۔ اب میں رات کو آرام سے سو سکتا تھا۔ صرف وہ بچی مصیبت بن کر چپک گئی تھی۔ اب تو اس کی حفاظت کی ذمہ داری بھی مجھ پر عائد کردی گئی تھی۔ میں بڑبڑاتا ہوا اپنے محلّے میں داخل ہوا۔ مجھے دیکھتے ہی ایک سرے سے دوسرے سرے تک یہ خبر پھیل گئی کہ نظام بابا بچّی کو لیکر واپس آرہا ہے۔

دکانوں سے لوگ باہر آگئے۔ مکانوں کی کھڑکیاں دروازے کھلتے

چلے گئے۔ موٹر ورکشاپ میں کام کرنے والے مجھے دیکھنے لگے۔ زیرِ تعمیر بلڈنگ کی نچلی منزل سے پانچویں منزل تک کام کرنے والے مزدور بعد ہی سے گود کی بچی کو دیکھ رہے تھے۔ جہاں سے میں گزرتا تھا وہیں سے آوازیں آتی تھیں، کوئی پوچھتا۔

"کیا یہ زندہ ہے؟"

کسی نے مشورہ دیا۔

"اسے تھانے میں لیجا کر رپورٹ لکھواؤ۔"

کسی نے پوچھا۔

"کون اسے چھوڑ گیا تھا؟ کیا تم نے اسے دیکھا ہے؟"

میں انھیں جواب دیتا ہوا ایک گلی میں داخل ہوا۔ ایک عورت نے نفرت سے تھوک کر دروازہ بند کرلیا۔ ذرا آگے بڑھا تو ایک عورت نے سرگوشی کی۔

"اسے ذرا دکھاؤ تو۔۔!"

میں نے کھڑکی کے قریب جا کر اُسے دکھایا۔ بچی رونے لگی۔

عورت نے کہا۔

"ہائے کتنی خوبصورت ہے، اسے بھوک لگ رہی ہے۔"

"بی بی جی! آپ کے بچے کا جھوٹا دودھ ہو تو دے دو۔ میں اسے پلاؤں گا۔"

دوسری کھڑکی سے ایک بوڑھی عورت نے کہا

"اے بڈھے! بچی کو دو دن تک دودھ نہ پلانا۔ صرف شہد چاٹنے کے لئے دینا۔"

میں جلدی جلدی کچرا گھر کی طرف جانے لگا تاکہ شہد منہ میں ٹپکا کر اسے چپ کرا سکوں۔ آگے ایک مکان کا دروازہ کھلا۔ ایک مرد نے چھوٹی سی شیشی بڑھاتے ہوئے کہا۔

"یہ لو، اس میں شہد ہے۔"

میں شہد لینے کے لئے آگے بڑھا، اس سے پہلے ہی ایک عورت نے اس مرد کا ہاتھ پکڑ کر اسے مکان کے اندر کھینچ لیا۔ ایک دھڑ لکے سے دروازہ بند ہوا۔ پھر اندر سے آواز آنے لگی ـــ وہ بول رہی تھی۔

"آپ کو اس سے اتنی ہمدردی کیوں ہے؟ سچ سچ بتائیے۔ یہ آپ ہی کا گناہ ہے نا؟ آپ کی اس چہیتی نے اسے جن کر پھینک دیا ہوگا۔"

مرد کی آواز آئی۔

"بانو! میں تمہارے آگے ہاتھ جوڑتا ہوں۔ آہستہ بولو۔ ورنہ محلّے والے مجھے سچ مچ گناہگار سمجھیں گے۔ پولیس والے مجھے گرفتار کرکے لیجائیں گے۔!"

"آپ میرے سر کی قسم کھا کر کہیں کہ آپ شازیہ سے نہیں ملے؟"

"میں تمہارے سر کی قسم کھا کر کہتا ہوں کہ میں نے پچھلے تین ماہ سے شازیہ کو دیکھا بھی نہیں ہے۔"

میں نے آگے بڑھ کر دروازے پر دستک دیتے ہوئے کہا۔

"بھائی جی! آپ تین ماہ سے نہیں ملے۔ مگر تین ماہ پہلے تو کسی شازیہ سے ملے تھے۔ یہ بچی تو نو ماہ کا سفر طے کر کے آئی ہے۔ بس میں سمجھ گیا اب باہر آ کر اپنی بچی کو لے لو۔"

میری بات پوری ہوتے ہی دروازہ کھلا۔ دو ہاتھوں نے ایک جھٹکے سے مجھے اندر کھینچا۔ پھر دروازہ دوبارہ بند ہو گیا۔ بچی ابتک رو رہی تھی۔ شازیہ کے عاشق نے کہا۔

"یہ لو شہد، پہلے بچی کو چپ کراؤ۔"

میں نے بچی کو اس کی طرف بڑھاتے ہوئے کہا۔

"میں کیوں چپ کراؤں — تمہاری بچی ہے۔ تم سنبھالو۔"

اس شخص نے مجھے غصّہ سے دیکھا۔ پھر اپنی بیوی سے کہا۔

"بانو! دیکھو تمہارے ذرا سے شبہ نے میرے لئے مصیبت کھڑی کر دی ہے۔ کیا تمہارا چیخنا کم تھا کہ اب یہ بچی بھی میرے خلاف چیخنے آ گئی ہے۔ ارے خدا کے لئے اسے چپ کراؤ۔"

اسے بھلا کون چپ کراتا؟ وہ میری نہیں تھی۔ وہ بانو کی بھی نہیں تھی۔ گناہگار خود اپنے گناہ کی آواز کو دباتا ہے — مجبوراً شازیہ کے عاشق نے بچی کو مجھ سے لے لیا۔ پھر شہد میں انگلی ڈبو کر اس کے چیختے ہوئے منہ میں ڈال دی۔ بچی فوراً ہی چپ ہو گئی۔ تب بانو نے ہاتھ نچا کر کہا۔

"ہاں — اب بتاؤ۔ یہ تمہاری نہیں ہے تو تمہارے پاس

آتے ہی چپ کیسے ہوگئی۔؟"

اس نے اپنی پیشانی پر ہاتھ مارتے ہوئے کہا۔

" خدا کے لئے عقل سے کام لو۔ یہ میرے پاس آکر نہیں، شہد کی مٹھاس پاکر چپ ہوتی۔"

" شہد کی مٹھاس نہیں، اپنے باپ کی مٹھاس پاکر چپ ہے۔ آپ مجھے بیوقوف نہیں بنا سکیں گے۔"

شوہر نے بڑی بے بسی اور عاجزی سے کہا۔

" اے میری شریکِ حیات! اگر تم میری زندگی کی ساتھی ہو تو میری جان کی دشمن نہ بنو۔ ذرا عقل سے کام لیکر یہ بتاؤ کہ یہ بات ابھی گھر کی چار دیواری سے باہر جائے گی، اور لوگ مجھے گناہگار سمجھ کر مجھے پتھر ماریں گے۔ مجھے سزائیں دی جائیں گی۔ میری بے عزتی ہوگی۔ اور مجھے جان سے مار ڈالا جائے گا۔ تو کیا تم بیوہ ہوکر زندگی گزار سکوگی؟"

بانو گھبرا گئی۔ ذرا ہچکچاتے ہوئے بولی۔

" مم، میں باہر والوں کو بولنے نہیں جارہی ہوں۔ گھر کے اندر ہی اپنے نصیبوں کو رورہی ہوں۔"

" تم اپنے نصیبوں کو رورہی ہو، یہ نہیں سمجھتیں کہ یہ نظام بابا ابھی گھر سے باہر جاکر سارے محلے میں ڈنکا پیٹنا شروع کردے گا۔ کہ یہ بچی میری ہے۔ تب کیا ہوگا۔؟"

تب بانو کو جیسے عقل آگئی۔ اس نے گھور کر میری جانب

دیکھتے ہوئے کہا۔

"اے، اس کی کیا مجال ہے، یہ تو ہمارا پھینکا ہوا کھاتا ہے، ہمارا کھائے گا اور ہم ہی پر غرائے گا؟ واپس کرو اس کی بچی۔ ۔ ۔ ۔"

اس نے بچی کو واپس کیا۔ میں لینا نہیں چاہتا تھا۔ لیکن بے اختیار میرے ہاتھ آپ ہی آپ آگے بڑھ گئے۔ یہ ایک فطری عمل تھا۔ برسوں سے مجھے کچرا سمیٹنے کی عادت تھی۔ جب بھی کوئی کچھ پھینکتا تھا۔ میرے دونوں ہاتھ آگے بڑھ جاتے تھے۔ اس لئے میرے بڑھے ہوئے دونوں ہاتھوں میں وہ بچی واپس آگئی۔ پھر اس سے پہلے کہ میں احتجاج کرتا۔ دروازہ دوبارہ کھلا۔ مرد نے مجھے باہر دھکا دیا۔ عورت نے انگلی اُٹھا کر دھمکی دی۔

"بڈھے خبیث! خبردار!! اگر کسی سے کچھ کہا ۔ اور میرے سرتاج کو بدنام کرنے کی کوشش کی تو تجھے کچرا گھر سے بھگا دوں گی۔ پھر تجھے بھیک مانگنے سے بھی اتنی روٹیاں نہیں ملیں گی، جتنی کہ اس محلے سے مل جایا کرتی ہیں۔ چل جا، اب یہاں سے بھاگ جا۔ ۔ ۔"

میں وہاں سے بھاگ آیا۔

❖

جب میں کچرا گھر میں پہنچا تو وہاں لوگوں کا ہجوم تھا۔ صرف مرد ہی مرد نظر آرہے تھے۔ اگر ایک عورت گناہ کرتی ہے۔ تو دوسری عورتیں بھیڑ نہیں لگاتیں۔ شرم انھیں روکتی ہے۔ مردوں کو شرم کبھی نہیں روکتی وہ پوچھنے چلے آئے تھے کہ بچی کس کی ہے — میں نے کہا۔

"اگر مجھے یہ معلوم ہوتا تو یہ بچی اسی کی گود میں نظر آتی۔ میں کیا بتاؤں کہ یہ آپ لوگوں میں سے کس کی ہے۔؟"

یہ بات سنکر لوگوں کے منہ بن گئے۔ میں نے کہا۔

"یہ برا ماننے کی بات نہیں ہے۔ یہ انسان کی بچی ہے اور آپ سب انسان ہیں۔ اس رشتے سے کہتا ہوں کہ یہ آپ کی ہے۔ آپ کی نہیں ہے تو آپ کے کسی بھائی کی ہے۔ اسے آپ اس کے ماں باپ تک نہیں پہنچا سکتے۔ اگر یہ وہاں تک پہنچ سکتی تو اسے یہاں پہنچانے

والے چھوڑ کر نہ جاتے۔ اب تو ہمدردی اور محبت والی بات ہے۔ کسی کے دل میں انسانیت کا درد ہے تو آگے بڑھ کر اسے گود میں اُٹھالے۔"

میری بات سنکر ایک صاحب لاحول پڑھتے ہوئے چلے گئے۔

کسی نے ہمدردی سے کہا "بے چاری۔"

کسی نے نفرت سے "اونہہ" کہا۔ کسی نے محبت سے آہ بھری۔

کہیں سے آواز آئی۔

"غلاظت کی پوٹ کو کون ہاتھ لگائے گا۔؟"

کسی نے پیش گوئی کی۔

"قیامت قریب ہے۔"

اور قیامت اس طرح قریب تھی کہ ایک دہی بھلّے اور چاٹ والا مین روڈ کے گاہک چھوڑ کر اپنی بارہ مسالے کی گاڑی کچرا گھر کی طرف لے آیا تھا۔ ایک مونگ پھلی والا آوازیں لگا رہا تھا۔ دو لڑکے ادھر سے اُدھر گھومتے ہوئے پان اور سگریٹ فروخت کر رہے تھے۔ ایک بوڑھے نے چائے کی چلتی پھرتی دکان کھول لی تھی۔ لوگ خرید رہے تھے کھا رہے تھے۔ پی رہے تھے اور قیامت کی پیش گوئیاں کر رہے تھے۔

شام تک بڑی چہل پہل رہی۔ لوگ آتے رہے اور جاتے رہے۔ پھر پولیس والے آگئے۔ ان کے ساتھ بہت سے پریس رپورٹرز اور فوٹو گرافرز تھے۔ میں فوراً ہی بچی کو کچرے میں لٹا کر کچرا گھر کے اندر آیا۔ وہاں آئینے کا ایک ٹکڑا پڑا ہوا تھا۔ ایک ٹوٹی ہوئی کنگھی بھی تھی میں اپنے

بال سنوارنے لگا۔ اور کوٹ کی آستین سے چہرے کو رگڑ رگڑ کر پونچھنے لگا ۔۔۔ بڑی مدّت کے بعد کچھ لوگ میری اور میرے کچرا گھر کی تصویریں اتارنے آئے تھے ۔۔۔ جب میں اچھی طرح تیار ہونے کے بعد بچّی کے پاس واپس آیا تو ان میں سے ایک نے پوچھا۔

"تم نے کس وقت اس بچّی کو یہاں پایا تھا۔؟"

میں نے جواب دیا۔

"جناب ! آدھی رات کے بعد میں نے اس معصوم کے چیخنے کی آواز سنی۔ اس کچرا گھر سے باہر جھانک کر دیکھا تو ایک گاڑی گھومتی ہوئی اس طرف جا رہی تھی۔ اس وقت بچّی زور زور سے رو رہی تھی۔ میں اسے اٹھا کر چیخنے لگا ۔۔۔ آوازیں دینے لگا ۔۔۔ لیکن وہ سنگدل میری آواز کی پہنچ سے دور چلے گئے تھے۔"

یہ کہہ کر میں نے بچّی کو گود میں اٹھا لیا۔ پھر مسکراتے ہوئے پوز بنا کر کہا۔

"ہاں تو جناب ! میں تیار ہوں ۔۔۔ آپ تصویریں اتاریں ..."

فوٹو گرافر نے کہا۔

"ہم تصویریں اتار چکے ہیں۔"

میں نے حیرانی سے پوچھا۔

"لیکن میں تو ابھی آ رہا ہوں۔ ابھی میں نے بچّی کو گود میں لیا ہے۔ اب آپ تصویریں اتاریں۔!"

میری باتیں سن کر وہ سب ہنسنے لگے۔ ان میں سے ایک نے کہا۔
"ہمارا سبجکٹ یہ نوزائیدہ بچّی ہے — تم نہیں ہو — جو ہمارا موضوع ہے، ہم اس کی تصویریں لے چکے ہیں۔"
میں نے کہا۔
"جناب! میں بھی سبجکٹ ہوں بلکہ بہت بڑا سبجکٹ ہوں۔ ایسے وقت جب کہ لوگ اس بچّی کو ہاتھ لگانا پسند نہیں کرتے ــــــــ اسے گناہ کی پوٹ سمجھتے ہیں ــــ جبکہ یہ انسان ہے اور لوگ اسے انسان نہیں سمجھتے ــــ میں اسے اٹھا کر کلیجے سے لگا رہا ہوں۔ رات سے اب تک اس کی حفاظت کر رہا ہوں۔ ایک باپ کی طرح، ایک ماں کی طرح، اس کے ماں باپ کی طرح نہیں جو اسے جنم دینے کے بعد ایک سبجکٹ بنا کر چھوڑ گئے ہوں، اگر میں نہ ہوتا تو پچھلی رات آپ کا یہ سبجکٹ سردی سے ٹھٹھر کر مر جاتا۔!"
انہیں توقع نہیں تھی کہ مجھ جیسا کوڑا کرکٹ کے ڈھیر میں رہنے والا بوڑھا ایسی متانت اور ذہانت سے بول سکتا ہے۔ وہ مجھے حیرانی سے دیکھ رہے تھے۔ اور میری باتوں کو نوٹ کر رہے تھے۔
پھر ایک نے پوچھا۔
"تمہاری گفتگو کے پیچھے ایک اچھی تعلیم بول رہی ہے۔ کیا تم تعلیم یافتہ ہو؟ کون ہو تم؟"
"میں آپ کی طرح ایک انسان ہوں۔ اور اس ننھی سی بچّی کی طرح

اس دنیا کا ایک فالتو سامان ہوں ــــ دس برس پہلے حالات نے مجھے بھی اس کچرا گھر میں پھینک دیا تھا۔ اس وقت میں پچپن برس کا تھا اب میں پینسٹھ برس کا ہوں ــــ اس وقت میں نظام الدین ایم۔ اے آنرز کہلاتا تھا، اردو لٹریچر کا معلم تھا ــــ اب میں نظام بابا کہلاتا ہوں۔ اور اس کچرا گھر میں ایک طالبِ علم کی طرح کچرے کی زبان پڑھ رہا ہوں۔"

کچھ دیر پہلے وہ مجھ پر ہنس رہے تھے ــــ اب حیرانی سے منہ کھولے مجھے دیکھ رہے تھے اور بڑی بے یقینی سے کہہ رہے تھے۔

"تم ایم۔ اے آنرز تھے؟ نہیں۔۔۔"

"تم اردو لٹریچر کے استاد تھے؟ نہیں۔۔۔"

"یہ کیسے ہو سکتا ہے ــــ تمہارے جیسا قابل آدمی یہاں کیسے آ سکتا ہے؟"

"کیسے نہیں آ سکتا ــــ!" میں نے کچرے میں سے ایک ٹوٹی ہوئی پچکی ہوئی گڑیا کو اٹھا کر کہا ــــ "یہ کیسے آ گئی؟ جب یہ گڑیا مکمل تھی تو کسی صاف ستھرے گھر میں کسی بچی کی گود میں رہتی تھی۔ پھر یہ پرانی ہو گئی اور ٹوٹنے اور پچکنے لگی تو نئی گڑیا خرید کر اسے پھینک دیا گیا۔

وہ دیکھو وہ جو ٹوٹی ہوئی بوتل ہے۔ اس میں دوا آتی تھی۔ اس بوتل کا منہ دعا کی طرح کھلتا تھا۔ اور بیماروں کو شفا دیتا تھا ــــ جب شراب پر پابندی عائد ہوئی۔ تو ایک شرابی نے قانون کی آنکھوں میں دھول

جو نگلنے کے لئے دوا کا لیبل رہنے دیا اور اس کے پیٹ میں شراب بھر دی۔ پھر اس بوتل کا منہ گالیوں کی طرح کھلنے لگا۔ ایک بات وہ یہاں سے پیتے ہوئے گزر رہا تھا۔ جب یہ بوتل خالی ہو گئی تو اس نے بوتل کو ایک گندی سی گالی دی۔ پھر کچرا گھر کی دیوار پر اسے زور سے دے مارا۔ یہ ٹوٹ گئی ـــــ یہ جو بیماریوں سے ٹوٹنے والوں کو جوڑتی تھی، اسے ریزہ ریزہ کر دیا گیا۔

مجھ سے یہ نہ پوچھو کہ میں تعلیم کی ایک ایک خوراک دوا کے طور پر دینے والا معلم کس طرح ٹوٹ کر یہاں آگیا ـــ یہاں کی تمام ٹوٹی پھوٹی چیزوں کے پیچھے انسان کی کتنی ہی نازیبا حرکتیں، خود غرضیاں اور مکاریاں چھپی ہوتی ہیں ـــ میں صرف اتنا ہی کہنا کافی سمجھتا ہوں کہ انسان کو جو چیز ناپسند ہوتی ہے۔ اسے وہ کچرے میں پھینک دیتا ہے ـــ خواہ دودھ کی بوتل ہو، گود کا بچہ ہو یا پرانی نسل کا بوڑھا ہو۔"

وہ لوگ میری باتوں کو لکھتے جا رہے تھے مجھے اپنی اور کچرا گھر کی تصویریں اتروانے کا شوق تھا۔ مگر اپنے دل کی گہرائیوں سے جو آہیں نکل رہی تھیں۔ ان سے میرے ماضی کا زخم ہرا ہو گیا ـــ میرا دماغ پھوڑے کی طرح دکھنے لگا ـــ ان لوگوں نے مجھ سے کتنے ہی سوالات کئے ـــ میں کوئی جواب نہ دے سکا ـــ انہوں نے مختلف زاویوں سے تصویریں دوبارہ اتاریں ـــ پھر میری بیزاری سے خاموش ہو کر چلے گئے۔

رات آئی تو لوگوں کی بھیڑ چھٹ گئی ــــ اس رات میں نے کچھ نہیں کھایا۔ میرا دل بھاری ہو رہا تھا۔ جی چاہتا تھا کہ ماضی کے کچرے میں جھانک کر خوب آنسو بہاؤں۔ لیکن اس نوزائیدہ بچّی کی وجہ سے آنسو بہانے کی بھی فرصت نہیں مل رہی تھی۔ اس وقت میں یہ سوچ بھی نہیں سکتا تھا کہ اس بچّی کی کہانی تجسس اور اسرار لئے کتنی دور تک جائے گی۔ کچرا گھر کے آس پاس سناٹا ہو جانے کے بعد یہی سوچا جا سکتا تھا کہ اب صبح تک کوئی مجھے پریشان کرنے نہیں آئے گا۔ لیکن یہ تو رات ہی کا وقت ہوتا ہے، جب گنا ہگار منہ چھپا کر نکلتے ہیں ــــ!!

✤

آدھی رات ادھر نکلی اور آدھی رات ادھر۔ تب میں نے ماضی کا دریچہ کھولنا چاہا۔ اسی وقت بچی رونے لگی۔ مجھے بڑا غصہ آیا۔ پتہ نہیں نوزائیدہ بچے دن رات میں کتنی بار شہد چاٹنا چاہتے ہیں، میں نے پھر شہد میں انگلی ڈبو کر اس کے منہ میں ڈال دی۔ وہ ایک لمحہ کے لئے چپ ہوئی۔ دوسرے لمحے پھر رونے لگی۔ میں نے اس کے منہ میں کچھ اور شہد ٹپکایا۔ پھر بھی وہ خاموش نہ ہوئی۔ میں اسے اٹھا کر ٹہلنے لگا۔۔ اسے سمجھانے اور منانے لگا۔

جانے وہ کس ضدی باپ کی بیٹی تھی۔ چپ ہونا ہی نہیں چاہتی تھی۔ رات کی تاریکی اور خاموشی میں ہیچ بہ چیخ کر اپنوں کو پکار رہی تھی اور اپنوں کی پکار پر اپنے ضرور آتے ہیں۔۔۔ میں نے دیکھا کچرا گھر سے ذرا فاصلے پر وہ چادر میں منہ چھپائے کھڑی تھی اور بار بار ادھر ادھر

سر گھما کر سہمے ہوئے انداز میں دیکھ رہی تھی کہ کوئی اسے دیکھ تو نہیں رہا ہے؟

میں فوراً ہی سمجھ گیا کہ وہ شازیہ ہی ہو سکتی ہے۔ وہی شازیہ جس پر بانو کا شوہر عاشق تھا۔ اور ان دونوں کے عشق کے انجام پر وہ بچی رو رہی تھی ـــــ میں نے پوچھا

"کون ہو تم۔؟"

وہ آگے بڑھی ـــ ذرا لڑکھڑائی ـــ پھر میرے قریب پہنچ کر سردی سے یا پھر خوف سے کانپتے ہوئے بولی۔

"بچی کو مجھے دو۔ میں اسے چپ کرانے کے بعد لے آؤں گی۔"

"کیا یہ بچی تمہاری ہے؟"

"نہیں، میری نہیں ہے ـــ دیر نہ کرو۔ مجھے دو ـــ!"

"تمہاری نہیں ہے تو تمہیں کیوں دوں ـــ تم اسے کہاں لیجا کر چپ کراؤ گی۔؟"

"میں اسے گھر لے جاؤں گی ـــ دیکھو بحث نہ کرو کوئی آجائے گا ـــ!"

"تھانیدار صاحب نے کہا تھا کہ جو بچی کو لینے آئے۔ میں اسے تھانے لے آؤں ـــ تم تھانے میں چلو گی۔؟"

وہ منہ پھیر کر جانے لگی۔ میں نے اس کے پیچھے چلتے ہوئے پوچھا۔

"کیا اسے چپ نہیں کراؤ گی ـــ ڈرتی بھی ہو اور بچی کے لئے

رتی بھی ہو۔ یہ کیسی محبت ہے ؟"

وہ خاموشی سے چلتی رہی ۔۔ اس نے اپنے دونوں ہاتھ کانوں پر رکھ لئے تھے ۔ تاکہ بچی کے رونے کی آواز سنائی نہ دے ۔۔ مگر کوکھ سے اُٹھنے والی چیخیں ماں کے کلیجے میں چبھ رہی تھیں۔ اس نے تیزی سے پلٹ کر بچی کو مجھ سے چھین لیا۔ پھر وہیں سڑک کے کنارے دیوار کی طرف منہ کر کے بیٹھ گئی ۔ میں نے دوسری طرف منہ پھیر لیا۔ چند لمحے بعد ہی بچی خاموش ہو گئی۔ لیکن بالکل ہی خاموشی نہیں تھی ۔۔۔ اب ماں کی سسکیاں اور آہیں سنائی دے رہی تھیں۔

یہ ہماری دنیا میں کیا ہوتا رہتا ہے ۔۔ بچے چپ ہو جاتے ہیں تو مائیں رونے لگتی ہیں ۔۔ چشمہ بہتا ہے تو اس کی لہروں سے ترنم پھوٹتا ہے۔ ماں کی چھاتیوں سے دودھ بہتا ہے تو آہوں کے سُر جاگتے ہیں ۔۔۔ میں نے پوچھا

"جب اپنی تخلیق کو مٹانا ہی تھا تو اسے جنم کیوں دیا ؟ اور جب مٹانے کے لئے چھوڑ ہی دیا تھا تو اسے دُودھ پلانے کیوں آگئیں ؟"

وہ آہستگی سے بولی۔

"تم غلط سمجھ رہے ہو، یہ میری بچی نہیں ہے۔"

"تم غلط کہہ رہی ہو، یہ تمہاری ہے، اور تمہارا نام شازیہ ہے۔

یہاں فلیٹ نمبر الیف اِکاسی میں بانو نام کی ایک عورت رہتی ہے، اُس کے شوہر سے تمہارے ناجائز تعلقات رہے ہیں۔"

"بکواس مت کرو۔" وہ غصّہ سے اُٹھ کر کھڑی ہوگئی "میں کسی بانو کو اور اس کے شوہر کو نہیں جانتی۔ پتہ نہیں تم کس شازیہ کی بات کر رہے ہو۔ میرا نام شازیہ نہیں ہے۔ میں نے کسی ناجائز بچے کو جنم نہیں دیا۔ میں ایک بیاہتا عورت ہوں۔"

"بہت خوب! بیاہتا ہو۔ اب میں آگے سوال کروں گا تو تم جواب میں کہو گی کہ تمہارا شوہر اور تمہارا بچہ گھر میں ہیں۔ تم ممتا سے مجبور ہو کر یا انسانی ہمدردی کے تحت ایک لاوارث بچّی کو دودھ پلانے آئی ہو۔"

"تم یقین کرو۔ یہی بات ہے۔ میں صبح سے بچّی کے بارے میں سن رہی تھی اور تڑپ رہی تھی کہ پتہ نہیں کس ماں نے اپنے جگر کا ٹکڑا پھینک دیا ہے۔ ابھی میں نے سونے کی کوشش کی مگر نیند نہیں آئی۔ مجبوراً اپنے بچّے کے حصّے کا دودھ اسے پلانے آ گئی۔"

دوسرے تمہاری بات کا یقین کر سکتے ہیں، میں نے تو کچرا گھر میں بیٹھ کر یہی دیکھا ہے کہ کوئی اپنے حصّے کا کھانا دوسرے کو نہیں دیتا۔ بلا سے بچ جائے تو پھینک دیتا ہے۔ اور ایسی ماں تو کہیں نہیں دیکھی، جو اپنے بچے کے منہ سے دودھ چھڑا کر پرائے بچے کے منہ میں دے۔ مجھے سچ بتاؤ ورنہ بچی کو چھین کر لے جاؤں گا۔"

وہ خاموش رہی، شاید مجھے گھور کر دیکھ رہی تھی۔ اندھیرے میں اس کی آنکھیں نظر نہیں آ رہی تھیں، میں نے کہا۔

"اگر تم گناہگار نہیں ہو تو پولیس والوں کا نام سن کر گھبرا کیوں گئیں؟"

"میں یہ بدنامی لینا پسند نہیں کرتی کہ میں نے کسی لاوارث بچّی کو دودھ پلایا ہے۔"

"یہ بدنامی نہیں، بہت بڑی انسانیت ہے۔"

"دنیا والے انسانیت کو نہیں سمجھیں گے، وہ مجھے زبردستی بچّی کی ماں بنا ڈالیں گے۔"

اس کی بات ختم ہوتے ہی اندھیرے سے کسی مرد کی آواز سنائی دی۔ وہ کہہ رہا تھا۔

"کنیز! یہ کیا حماقت ہے۔ میں نے تمہیں سمجھایا تھا کہ کہیں چھپ کر بچّی کو دودھ پلا دینا۔ مگر تم سڑک کے کنارے۔۔۔"

کنیز نے جلدی سے بچّی کو میری گود میں واپس کرتے ہوئے اس آنے والے سے پوچھا۔

"میرا بچّہ کہاں ہے؟ آپ اسے کہاں چھوڑ آئے ہیں؟"

میں نے اندازہ لگایا کہ وہ کنیز کا شوہر ہے۔ اور کنیز اس کا گریبان پکڑ کر اپنے بچّے کا مطالبہ کر رہی ہے۔ اس نے کہا۔

اطمینان رکھو! بچّہ گھر میں سو رہا ہے۔ میں نے باہر سے تالا

لگا دیا ہے۔"

"نہیں۔ میرا بچہ لاوارث نہیں ہے کہ آپ اسے بے سہارا چھوڑ آئے ہیں۔ اگر اسے کچھ ہو گیا تو....."

اس کی آواز گھٹ گئی۔۔۔ شاید اس کے شوہر نے منہ پہ ہاتھ رکھ دیا تھا۔۔۔ وہ کہہ رہا تھا۔

"آہستہ بولو۔ رات کے وقت آواز دور تک جاتی ہے۔"

میری کمزور نگاہوں کے سامنے دو سائے جیسے ہاتھا پائی میں مصروف تھے۔ کنیزا اپنے بچّے کے لئے تڑپ رہی تھی۔ پھر وہ خود کو چھڑا کر بھاگنے لگی۔ مرد اس کے پیچھے دوڑا، پھر رک گیا۔ اس نے واپس آکر مجھ سے پوچھا۔

"بچّی کا پیٹ بھر گیا ہے نا؟ یہ سو گئی ہے نا؟ ہاں آواز تو نہیں آرہی ہے۔ دیکھو اس کی اچھی طرح حفاظت کرنا، سردی سے بچا کر رکھنا۔ اس کے ساتھ جو پانچ ہزار رکھے گئے تھے اس کا حساب میں بعد میں آکر کروں گا۔"

یہ کہتے ہی وہ بھی اپنی بیوی کے پیچھے بھاگتا چلا گیا۔ ان دونوں کے جاتے ہی پھر وہی سناٹا چھا گیا۔ کچھ دیر پہلے جو کردار سامنے آئے تھے۔ وہ تاریکی میں مٹ چکے تھے۔ لوگوں کو دن کے اُجالے میں کچھ سمجھ میں نہیں آتا۔ پھر بھلا رات کی تاریکی میں اتنی جلدی یہ حقیقت کیسے واضح ہو جاتی کہ وہ دونوں میاں بیوی کون

تھے؟ اور گھر میں جائز بچہ رکھ کر نا جائز بچی کو دودھ پلانے کیوں آتے تھے ۔ ؟

میں اس ننھی سی جان کو سینے سے لگا کر کچرا گھر میں واپس آ گیا۔ اسے مہکتی ہوئی سیج پر لٹا کر اس کے قریب بیٹھ گیا۔ باہر اندھیرے میں دیدے پھاڑ پھاڑ کر دیکھنے لگا کہ شاید پھر کوئی آ جائے۔

کوئی اور تو نہیں آیا۔ باہر کی تاریکی میں خود ہی نظر آیا۔ میں بہت ہی صاف ستھرے لباس میں تھا۔ میری عمر پچیس برس تھی۔ سردی کی راتوں میں لوگ لحافوں میں دبک کر اپنی کسی محبوبہ کو یاد کرتے ہیں یا فحش کتابیں پڑھتے ہیں۔ میں لحاف اوڑھے نفسیات کی خشک کتاب پڑھ رہا تھا۔ میری شفیق ماں دودھ کا گلاس لیکر میرے کمرے میں آئی اور کہنے لگی۔

"بیٹے! اب شادی کر لو۔ بیوی آئے گی تو اتنی رات تک جاگ کر تمہاری خدمت کرے گی۔"

میں نے کتاب کا ایک ورق الٹتے ہوئے کہا۔

"ممی! میں کئی بار کہہ چکا ہوں کہ مجھے شادی بیاہ سے دلچسپی نہیں ہے۔ میری دلچسپی کا مرکز صرف دو ہی چیزیں ہیں۔ ایک تو کتابیں اور دوسرے اسکول کے بچے۔ میں ان معصوم بچوں کی دنیا میں اپنی زندگی گزارنا چاہتا ہوں۔"

"بیٹے! جب تمہاری بیوی آئے گی اور تمہارے بچے ہوں گے تو

پھر تمہارے یہ خیالات نہیں رہیں گے۔ اپنے بچوں کے سامنے تم دوسرے بچوں کو بھول جاؤ گے۔"

"یہی تو بڑی برائی ہے کہ ہم اپنے بچوں کے آگے دوسرے بچوں کی خوبصورتی کو، ان کے معصوم جذبات کو اور ان کی اہمیت کو فراموش کر دیتے ہیں۔۔۔ امّی! میں کسی کو خاص طور سے اپنا نہیں بناؤں گا تو مجھ میں خود غرضی نہیں ہوگی۔ تب ساری دنیا کے بچے میرے اپنے ہوں گے۔۔۔ بلکہ اپنے ہیں۔ آپ مجھے صرف ایک بیوی اور چند بچوں تک محدود نہ کریں۔"

میری امّی بڑبڑاتی ہوئی چلی گئیں۔ جب تک وہ زندہ رہیں مجھ سے بحث میں شکست کھاتی رہیں۔۔۔ لیکن مرتے وقت انہوں نے یہ کہہ کر مجھے شکست دے دی کہ میں جب تک شادی نہیں کروں گا، ان کی روح بیقرار رہے گی۔

ان کی وفات کے ایک سال بعد میں نے شادی کر لی۔ ناہید دلہن بن کر آئی تو پتہ چلا کہ زندگی کا دوسرا رُخ کتنا حسین اور رنگین ہے۔ میں نے اسکول سے کبھی چھٹی نہیں لی۔ اکثر بیمار ہونے کے باوجود بچوں کو پڑھانے جاتا تھا۔ ناہید کی قربت سے پہلی بار دل میں یہ خیال آیا کہ مجھے کچھ روز اسکول سے چھٹی لے کر ناہید کی زلفوں کے سائے میں وقت گزارنا چاہیے۔ میری راتیں کتابیں پڑھتے گزرتی تھیں۔ شادی کی وہ پہلی رات اپنی شریکِ حیات کو پڑھتے گزر گئی۔

صبح کے پانچ بج رہے تھے۔ پھولوں کی سیج مہک رہی تھی۔ ناہید کے بدن سے حنا کی خوشبو اُٹھ رہی تھی۔ ایسے وقت دروازے پر دستک سنائی دی۔ میں نے پیار سے کہا۔

" ناہید! تمہارے پاس سے اُٹھنے کو جی نہیں چاہتا مگر جاکر دیکھنا ہی ہوگا۔ میرا کوئی ضرورت مند شاگرد ہوگا۔"

شادی کی پہلی رات عورت گونگی ہوتی ہے۔ اُسے کوئی بات ناگوار گزرے، تب بھی وہ صبر کر لیتی ہے۔ میں وہاں سے اُٹھ کر دوسرے کمرے میں گیا۔ دوسرے کمرے کا دروازہ کھولنے کے بعد ایک نوجوان نظر آیا۔ وہ میرا شاگرد نہیں تھا۔ کوئی اجنبی لڑکا تھا۔ اس نے مجھے سلام کرتے ہوئے کہا۔

" سر! میں فرسٹ ایئر کا طالبِ علم ہوں ــــ آج مجھے کیمسٹری کا پرچہ حل کرنا ہے۔ میری کتاب کا ایک ورق پھٹ کر کہیں گم ہو گیا ہے۔ آپ کی بڑی مہربانی ہوگی۔ اگر آپ ہائیڈروجن کے چند خواص مجھے بتا دیں ــــ!"

میں نے کہا۔

" اندر آجاؤ! ایک سپاہی اپنی جان سے زیادہ اپنی تلوار کی حفاظت کرتا ہے۔ کیونکہ وہی تلوار اس کی جان بچاتی ہے۔ ایک طالبِ علم دل سے اپنی کتابوں کی حفاظت کرتا ہے کیونکہ وہی کتابیں اسے انسان بناتی ہیں۔ مجھ سے کچھ پوچھنے اور سیکھنے سے پہلے وعدہ کرو

کہ آئندہ اپنی جان سے زیادہ کتابوں کو عزیز رکھو گے۔"

"میں وعدہ کرتا ہوں۔" وہ اندر آکر ایک کرسی پر بیٹھ گیا۔

میں نے کہا۔

"برخوردار! انسانوں کی فرداً فرداً ایک کمزوری ضرور ہوتی ہے — مگر ہماری اجتماعی اور قومی کمزوری یہ ہے کہ ہم نے رسولِ خدا کی دی ہوئی کتاب ایک نادان طالبِ علم کی طرح گم کر دی ہے — یاد رکھو! جو شخص یا جو اہلِ مذہب اپنی بنیادی کتاب کھو دیتے ہیں، یا فراموش کر دیتے ہیں، وہ سوالی بن کر دوسروں سے پوچھتے پھرتے ہیں، اور دوسروں کے طور طریقوں پر چل پڑتے ہیں۔

ہاں، تو تم ہائیڈروجن کے خواص معلوم کرنے آئے ہو، چلو نوٹ کرو — ہائیڈروجن گیس بے رنگ، بے بو اور بے ذائقہ ہوتی ہے۔ دنیا میں سب سے زیادہ ہلکی گیس ہے اور وزن کے لحاظ سے ہوا کا 1/14 حصہ ہے۔ چونکہ یہ پانی میں بہت مشکل سے حل ہوتی ہے۔ اس لئے پانی پر اس گیس کا ذخیرہ کیا جا سکتا ہے۔ اور ٹھنڈک اور دباؤ کے زیرِ اثر اسے مائع اور ٹھوس حالت میں لایا جا سکتا ہے۔"

وہ لکھتا جا رہا تھا۔ میں بولتا جا رہا تھا۔ جب میں علم کے خزانے کو اپنے سینے سے بچوں کے سینے میں منتقل کرتا ہوں تو ایسے وقت ساری دنیا کو اور سارے رشتوں کو بھول جاتا ہوں۔ میں بچوں کے عالمی سال میں اپنی طرف سے یہی کہہ سکتا ہوں کہ ہم خود غرضی کو کینہ پروری

کو اور اپنے پرائے کی تفریق کو بھول کر ہی بچّوں کو ایک صحت مند دنیا تحفہ کے طور پر دے سکتے ہیں۔

دو دنوں تک ناہید چپ چاپ تماشہ دیکھتی رہی۔ پھر بچّوں کے خلاف بولنے لگی۔ کیونکہ پڑھنے والے بچّے جوانی کے دن اور امنگوں کی آدھی آدھی راتیں مجھ سے لے لیتے تھے۔ دن کو میں اسکول چلا جاتا تھا۔ اور رات گئے تک محلّے پڑوس کے شاگرد کبھی پڑھنے اور کبھی کچھ پوچھنے چلے آتے تھے۔ ایک ہفتہ کے اندر ہی ناہید پھٹ پڑی۔!

"یہ گھر ہے اسکول نہیں ہے۔ آپ بچّوں کو یہاں آنے سے منع کردیں۔"

"ناہید! یہ گھر اور اسکول کی بات نہیں ہے۔ نماز اور کتاب کہیں بھی پڑھی جا سکتی ہے۔ آخر تم ناراض کیوں ہوتی ہو؟ آدھی رات کے بعد سے صبح تک میں تمہارا ہی ہوتا ہوں۔"

"آدھی رات کے بعد اُلّو جاگتے ہیں۔ میں جاگ کر محبّت نہیں کر سکتی۔ آپ کی زندگی بچّوں کے ساتھ گذر رہی تھی، پھر مجھے اس جہنم میں لانے کی کیا ضرورت تھی؟"

"تعجب ہے! تم بچّوں کی پیار بھری دنیا کو جہنم کہہ رہی ہو۔ اگر تم چاہتی ہو کہ میں ساری عمر تمہاری عزت کرتا رہوں تو تم بچّوں کی قدر کرو۔ تم بھی انھیں کچھ نہ کچھ سکھایا پڑھایا کرو۔"

لیکن ناہید نے مجھ سے تعاون نہیں کیا۔ ایک ماہ بعد میں نے رفتہ رفتہ یہ دیکھا کہ بچے میرے دروازے پر کچھ پوچھنے اور سیکھنے نہیں آتے ہیں۔ بچوں کو میں نے فرداً فرداً پکڑ کر پوچھا۔

" بھئی میرے گھر کیوں نہیں آتے ہو۔؟

جواب ملا۔

" ماسٹرنی صاحبہ غصّہ کرتی ہیں۔!"

میرے تمام شاگرد ناہید کو ماسٹرنی صاحبہ کہتے تھے۔ میں نے گھر آکر پہلی بار ناہید کو غصّہ دکھایا۔ اس نے بھی پہلی بار غصّہ سے کہا۔

" آپ مجھے بھگا کر نہیں لائے ہیں۔ باقاعدہ نکاح پڑھا کر میرا گھر بسانے کے لئے یہاں لائے ہیں۔ یہ میرا گھر ہے۔ میری مرضی کے بغیر آپ کے وہ کیڑے مکوڑے یہاں نہیں آئیں گے۔"

وہ چیخ چیخ کر بول رہی تھی۔ میں بے عزّتی کے ڈر سے سہم گیا۔ محلّے میں میری بڑی عزّت تھی۔ میں نہیں چاہتا تھا کہ میری گھروالی کی آواز باہر والے سنیں۔ میں نے کہا۔

" آہستہ بولو۔ یہاں سے اسکول تک میری عزّت ہے۔ چھوٹے بڑے سب ہی مجھے ماسٹر صاحب کہہ کر سلام کرتے ہیں۔!"

" میرے بھائی جان کو تو شہر کے تمام دولتمند اور تمام پولیس افسران

سلام کرتے ہیں۔ اگر وہ ڈی۔سی نہ ہوتے اور چار برس پہلے آپ کو اسکول میں ملازمت نہ دلواتے تو یہ عزّت کہاں سے ملتی؟ لوگ آپ کی قابلیت کی وجہ سے نہیں، میرے بھائی جان کی وجہ سے سلام کرتے ہیں۔"

وہ اس شہر کے ڈی۔سی طفیل احمد کی سگی بہن نہیں تھی۔ اگر سگی ہوتی تو اتنا بڑا سرکاری افسر ایک غریب اسکول ماسٹر کو اپنا بہنوئی نہ بناتا۔ ناہید سے بہت دور کا رشتہ تھا۔ چونکہ وہ ایک اعلیٰ افسر تھا اس لئے ناہید اسے بھائی جان کہنے میں فخر محسوس کرتی تھی۔ میں نے کہا۔

"مجھے تمہارے بھائی جان کی سفارش سے نہیں اپنی صلاحیتوں کے باعث اسکول کی ملازمت ملی ہے۔۔۔ چار برس سے اسکول میں میرا یہ ریکارڈ ہے کہ میں نے کسی نا اہل بچّے کو امتحان میں پاس کرنے کے لئے نہ تو بڑے لوگوں کی سفارش پر توجہ دی ہے اور نہ ہی کبھی رشوت قبول کی ہے۔ ایمانداری سے تعلیم دینے کے لئے سب سے پہلے معلّم کو ایماندار بننا چاہئیے۔۔۔ یہ میرے معبود کا کرم ہے کہ میں اب تک صاحبِ ایمان ہوں۔ اور آئندہ بھی رہوں گا۔"

ناہید نے اس وقت میری بات کا جواب نہیں دیا۔ "اونہہ" کہہ کر باورچی خانے میں چلی گئی۔ جب وہ رات کو سونے کے لئے آئی تو اس کا غصّہ ڈھل چکا تھا۔ وہ میری آغوش میں پیار محبّت کی باتیں کرتی رہی۔۔۔ پھر اس نے مہنگائی کی بات چھیڑی۔ پھر یہ ثابت کیا کہ میری تنخواہ

میں اچھی طرح گزارا نہیں ہوگا۔

میں نے پوچھا۔

" تو پھر کیا کیا جا سکتا ہے ؟ دوسرے ٹیچرز اسکول سے چھٹی ہونے کے بعد فاضل وقت میں بچوں کو ٹیوشن پڑھاتے ہیں ۔ اور زائد آمدنی کے لئے ٹیوشن فیس لیتے ہیں۔ لیکن مجھے یہ اچھا نہیں لگتا ۔ میں سمجھتا ہوں کہ جب مجھے پڑھانے کے عوض اسکول سے تنخواہ مل جاتی ہے تو پھر مجھے فاضل وقت میں بچوں کو مفت پڑھانا چاہیئے ۔ کتابیں ، کاپیاں مہنگی ہیں ، تعلیم کے اخراجات اتنے زیادہ ہیں کہ بچوں سے مزید ٹیوشن فیس لینا ظلم ہے ۔"

" سارے جہان کے لوگ جتنا کماتے ہیں ، اس سے کچھ زیادہ کمانے کی کوشش کرتے ہیں۔ ایک اچھی زندگی گزارنے کے لئے اچھا کھانے اور اچھا پہننے کے لئے اور گھر میں اچھا آرائشی سامان رکھنے کے لئے انسان کو زیادہ کمانا ہی پڑتا ہے ۔ اگر میرے میکے سے میرے ملنے والے آئیں تو میں انھیں گھر میں کیا دکھاؤں گی ؟ ایک ریڈیو تک تو ہے نہیں ۔ بیٹھنے کے لئے باوا آدم کے زمانے کی کرسیاں ہیں ۔ اگر مہنگا نہیں تو کم از کم سستا صوفہ تو ہونا چاہیئے ۔ آپ کو ٹیوشن کی فیس لینی چاہیئے ۔"

" نہیں ۔ ! میرے اپنے کچھ اصول ہیں ۔ اور مجھے فخر ہے کہ میرے ان اصولوں سے نادار ، یتیم اور غریب بچوں کو فائیدہ پہنچتا ہے ۔ جو

بیچارے بھاری فیس ادا نہیں کر سکتے۔ وہ میرے پاس آتے ہیں۔ کچھ پوچھتے ہیں۔ کچھ سیکھتے ہیں، میں ان سیکھنے والوں کے ساتھ کاروباری انداز اختیار نہیں کر سکتا۔"

وہ تھوڑی دیر تک چپ رہی۔ سوچتی رہی۔ پھر بولی۔

"اچھی بات ہے۔ میں آپ کے اصولوں سے اختلاف نہیں کروں گی۔ مگر آپ میری ایک بات مان لیں۔"

میں نے پوچھا۔

"کہو، کیا بات ہے؟"

"آپ کل ہی ڈی سی کے نام درخواست لکھئے کہ آپ ہیڈ ماسٹر کے عہدے پر ترقی کرنا چاہتے ہیں۔ آپ درخواست لکھ کر مجھے دیں۔ باقی میں سمجھ لوں گی۔"

"کیا سمجھ لو گی؟ تم کیا کرنا چاہتی ہو؟ ہوں۔ سمجھ گیا۔ تم اپنے ڈی سی بھائی جان کے سامنے میری درخواست پیش کرو گی۔ اور ان کے ذریعہ مجھے اسکول کا ہیڈ ماسٹر بنوا دو گی ــــ دیکھو ناہید! نہ تو میں کسی کی سفارش سنتا ہوں۔ اور نہ اپنے لئے کسی کی سفارش کا محتاج رہتا ہوں ــــ پھر یہ کہ ہمارے اسکول میں ایک قابل ہیڈ ماسٹر موجود ہیں، میں کسی کا حق نہیں مارنا چاہتا۔"

وہ غصہ سے الگ ہو گئی ــــ چڑ کر بولی۔

"پھر آپ زندگی میں کیا کریں گے؟ یوں تو کتّے بلیّوں کا بھی

پیٹ بھر جاتا ہے ۔ ہم صرف پیٹ بھرنے کے لئے زندہ نہیں ہیں سوسائٹی میں اعلیٰ مقام حاصل کرنا اور اونچی سطح پر زندگی گزارنا آپ کو اچھا کیوں نہیں لگتا؟"

میں نے جواب نہیں دیا۔ اپنی روٹھی ہوئی شریکِ حیات کو نہیں منایا۔ کیونکہ منانے کا مطلب یہی ہوتا کہ میں اس کی غلط باتوں کو تسلیم کر رہا ہوں ۔ اگر میں اس سے التجا کرتا کہ مجھے اپنے اصولوں پر چلنے دو۔ اور میری آمدنی کے مطابق گزارا کرو تو پھر عورتوں کی نظروں میں اسے منانا نہیں کہتے ۔ وہ کبھی نہ مانتی۔ اس لئے ہم دونوں ایک دوسرے سے منہ پھیر کر خاموش پڑے رہے ۔ پھر ہماری آنکھ لگ گئی ۔۔!

دو دن بعد میرے سسر صاحب تشریف لائے۔ انھوں نے آرام سے بیٹھ کر مجھے دنیا کی اونچ نیچ سمجھائی۔ مثالیں دیں کہ لوگ کس طرح ایکسٹرا آمدنی کے ذریعہ کوٹھیاں بنوا لیتے ہیں۔ اگر میں غریب بچّوں سے فیس لینا پسند نہیں کرتا تو نہ سہی ۔ مجھے کم از کم اپنی قابلیت کے مطابق ترقی تو کرنی چاہیئے ۔۔۔ میں ایم ۔ اے آنرز ہوں اور آسانی سے ایک اسکول کا ہیڈ ماسٹر بن سکتا ہوں ۔ اگر میں ان کی بات مان جاؤں تو میرا عہدہ بھی بڑھے گا۔ اور زندگی کی دوسری سہولتیں بھی میسّر ہوں گی۔ ان کی بیٹی گھٹ گھٹ کر زندگی نہیں گزارے گی میں نے ان کے سامنے بھی صاف صاف کہہ دیا" میں ہیڈ ماسٹر

نہیں بنوں گا۔"

ایک ہفتہ بعد ڈی سی طفیل احمد نے مجھے اپنی کوٹھی میں طلب کیا۔ چونکہ دور کی رشتہ داری تھی۔ اس لئے مجھے ایک پیالی چائے پلائی۔ چائے پینے کے دوران انہوں نے پوچھا۔

"کیوں مسٹر! تم ہیڈ ماسٹر کیوں نہیں بننا چاہتے۔؟"

مجھے ان کے انداز تخاطب سے دکھ پہنچا۔ وہ مجھے تم کہہ کر مخاطب کر رہے تھے۔ بے شک وہ ایک اعلیٰ افسر تھے۔ لیکن میں ایک اعلیٰ انسان ہوں۔ میں اپنے منہ میاں مٹھو نہیں بننا چاہتا۔ لیکن یہ ضرور کہوں گا کہ جو آئندہ نسل کو تعلیم دیتا ہے۔ بچوں کو صحیح طور پر انسان بنانے کے اصولوں پر عمل کرتا رہتا ہے۔ اس سے زیادہ اعلیٰ اور افضل کوئی نہیں ہو سکتا۔ مجھے دولت کی ہوس نہیں ہے۔ میں اپنی آمدنی بڑھانے کی فکر نہیں کرتا۔ کسی عالیشان کوٹھی میں نہیں رہنا چاہتا جو مل جائے صبر شکر سے گزارہ کر لیتا ہوں۔ لیکن ایک چیز ضرور چاہتا ہوں اور وہ ہے عزت۔ میں چاہتا ہوں کہ سارے لوگ میری عزت کریں۔ میرا نام کریں کہ میں سچ مچ ایک ذمہ دار معلم ہوں سا ری دنیا کے بچوں کو سمجھاتا ہوں کہ علم کی سند حاصل کرنا کوئی بڑی بات نہیں ہے۔ کرشن چندر کا گدھا بھی وائس چانسلر بن سکتا ہے۔ اصل مقصد علم کو سمجھ کر حاصل کرنا ہے۔

جب میں اتنی اچھی باتیں سمجھاتا ہوں تو اس تعلیم کے عوض

قابلِ عزت ہونے کا حق دار کہلا سکتا ہوں ۔ کوئی مجھے تخت پر نہ بٹھائے۔ اپنے سامنے تختے پر ہی بٹھائے۔ لیکن آپ کہہ کر تو مخاطب کرے۔

انہوں نے اپنی بات کا جواب نہ پاکر مجھے گھورتے ہوئے پوچھا۔

"کیا تم اونچا سنتے ہو؟ ابھی میں نے تم سے کچھ پوچھا ہے"

میں نے چائے کی پیالی میز پر رکھتے ہوئے کہا۔

"جناب! میرا مقصد بچوں کو پڑھانا ہے۔ اگر میں ہیڈ ماسٹر بن گیا تو اسکول کے دفتری کاموں میں الجھ کر رہ جاؤں گا۔ میرا تعلق صرف اسکول ماسٹروں سے رہے گا۔ کبھی کوئی ماسٹر غیر حاضر ہوا تو اس کی جگہ کلاس لینے کا موقع ملے گا۔ جبکہ میں اسکول کے تمام وقت بچوں کو پڑھاتے ہوئے گزارنا چاہتا ہوں ۔ اس طرح جو مجھے روحانی خوشی حاصل ہوتی ہے ۔۔ وہ ہیڈ ماسٹر بن جانے سے حاصل نہیں ہو گی"

"تم انتہائی احمق انسان ہو۔ لوگ میری خوشامدیں کرتے ہیں۔ اور تم ۔ ۔ ۔ ۔ ۔ ۔"

ان کی بات پوری ہونے سے پہلے ہی میں ایک جھٹکے سے اٹھ کر کھڑا ہو گیا۔ پھر اپنی توہین سے لرزتے ہوئے کہا۔

"آ ۔ آپ ۔ کیا آپ اپنے سامنے کسی کو انسان نہیں سمجھتے؟ بے شک آپ بہت بڑے افسر ہیں۔ لیکن میں بھی اسکول ماسٹر ہوں آپ مجھے آپ کہہ کر مخاطب نہیں کر سکتے، کوئی بات نہیں ۔ مگر میرے لئے احمق جیسے الفاظ تو استعمال نہ کریں۔ اگر میں احمق ہوں تو

آپ ہی بتائیں کہ میں اپنی قوم کے بچّوں کو کیا بنا رہا ہوں۔؟"

انہوں نے غصّہ سے چیخ کر ملازم کو آواز دی۔ ملازم دوڑتا ہوا آیا تو انہوں نے کہا۔

"اس ماسٹر کو دھکّے دے کر یہاں سے باہر کرو۔"

یہ کہہ کر وہ غصّہ میں پاؤں پٹختے ہوئے چلے گئے۔ بے چارے ملازم نے مجھے ہاتھ نہیں لگایا۔ لیکن ان کا اتنا کہنا ہی کافی تھا کہ مجھے دھکّے دیکر نکالا جاتے۔ میں بوجھل قدموں سے چلتا ہوا اس عالیشان کوٹھی سے باہر آگیا۔۔۔ میں بیان نہیں کر سکتا کہ اس وقت میں کس طرح اندر ہی اندر توہین کے احساس سے مرا جا رہا تھا۔ میں بڑے سے بڑا صدمہ سہہ سکتا ہوں۔ مگر اپنی بے عزتی برداشت نہیں کر سکتا۔

اس وقت اپنی حالت زار پر قہقہے لگانے کو جی چاہتا تھا۔ مگر میں اس جنونی خواہش کو بڑی مشکل سے دبا رہا تھا۔ کیونکہ صدمات سے ٹوٹ کے قہقہے لگانے والے پاگل کہلاتے ہیں۔

میں گھر میں پہنچا تو ناہید میرا انتظار کر رہی تھی۔ اس نے مجھے دیکھتے ہی فاتحانہ انداز میں مسکراتے ہوئے کہا۔

" جو لوگ اپنی بیوی کی بات نہیں مانتے، بزرگوں کے مشورے پر عمل نہیں کرتے۔۔۔ انہیں کم از کم اپنے عالم کے سامنے جھکنا پڑتا ہے۔۔ اب بتایئے۔ آخر آپ کو میرے بھائی جان کا حکم ماننا پڑا۔۔۔؟"

میں غصہ سے بے قابو ہو رہا تھا۔ کوئی دوسرا ہوتا تو ناہید کو قتل کر دیتا۔ بچوں کی معصوم دنیا میں رہنے والا استاد خون خرابے کے متعلق سوچ بھی نہیں سکتا۔ غصہ کی حالت میں مجھ سے یہی ہو سکا کہ اپنی عادت کے مطابق ناہید کے کان پکڑ لیے ـــ وہ ایک جھٹکے سے اپنے کان چھڑاتی ہوئی بولی۔

" میں کوئی اسکول کی بچی نہیں ہوں کہ آپ کان پکڑ کر سزا دیں گے۔ آپ میری بات کا جواب کیوں نہیں دیتے ـــ؟"

میں نے ناگواری سے جواب دیا۔

" میں نے تمہارے بھائی جان کی پیش کش کو ٹھکرا دیا ہے۔"

ناہید کا چہرہ مرجھا گیا۔ تب میں بے اختیار قہقہے لگانے لگا۔ پہلے تو اپنی ہنسی خود میری سمجھ میں نہیں آئی۔ پھر پتہ چلا کہ میں انتقاماً قہقہے لگا رہا ہوں۔ کیونکہ میں نے ہیڈ ماسٹر نہ بن کر صرف ناہید کو ہی نہیں اس کے ڈی سی بھائی جان کو بھی اصولوں کے میدان میں شکست دی تھی۔ انہوں نے مجھے گھر سے نکال کر بھری بے عزتی کی تھی۔ جواباً یہ ان کی بے عزتی تھی کہ جسے وہ معمولی اسکول ماسٹر سمجھ رہے تھے، اس نے ان کی پیش کش کو ٹھکرا دیا تھا۔

میرا جواب سن کر اس نے غصہ سے مٹھیاں بھینچ لیں، دانت پیستے ہوئے مجھے دیکھا۔ پھر پاس رکھا ہوا ایک گلدان اٹھا کر زمین پر دے مارا۔ اس کے بعد چیخ کر بولی:

"میں ابھی اور اسی وقت اپنے میکے چلی جاؤں گی۔ میرا آپ کے ساتھ گزارا نہیں ہو سکتا، کبھی نہیں ہو سکتا۔۔۔۔"

یہ کہہ کر وہ طنطناتی ہوئی اپنا سامان سمیٹنے چلی گئی۔ میں جانتا تھا کہ ایسا ایک دن ضرور ہو گا۔ واقعی میرے ساتھ اس کا گزارا نہیں ہو سکتا تھا۔ اب وہ میکے جا کر بیٹھنے والی تھی ۔۔ میں نے اسے نہیں روکا ۔۔ بعد میں میں نے سوچا کہ اسے سمجھا منا کر روک لینا چاہیے تھا۔

میں ایک ہفتہ تک اس کا انتظار کرتا رہا۔ وہ واپس نہیں آئی ۔۔ محلّے پڑوس کے لوگ میری گھر والی کو پوچھنے لگے۔ اس دنیا میں زندہ رہنے کے لئے اپنے پرائے سب ہی کے سوالوں کے جواب دینے پڑتے ہیں ۔۔ ورنہ عزت نہیں رہتی۔ میں نے بات بنائی کہ میرے سسر علیل ہیں، اس لئے بیوی کو وہاں چھوڑ دیا ہے۔

میں نے زندگی میں پہلی بار جھوٹ کہا تھا۔ میرا ضمیر ملامت کرنے لگا۔ جب استاد جھوٹا ہو تو شاگردوں کو سچا علم نہیں دے سکتا۔ میں ضمیر کی مار کھا کر ناہید کے پاس پہنچ گیا۔ وہ بستر پر پڑی ہوئی تھی۔ ایک ہی ہفتہ میں پیلی پڑ گئی تھی۔ میری ساس یہ خوشخبری سنا کر چلی گئیں کہ میں باپ بننے والا ہوں ۔۔ !

اچانک ہی میرا دل خوشیوں سے بھر گیا۔ میں نے چشمِ تصوّر میں دیکھا بچہ میری گود میں کھیل رہا ہے ۔ پھر میں اسے سامنے بٹھا کر پڑھا رہا ہوں۔ اسے اعلیٰ تعلیم دلا رہا ہوں۔ اسے انسان بنا رہا ہوں ۔۔ !

ناہید کی آواز نے مجھے چونکا دیا۔

"بیٹھ جائیں — اب تو ہمارے اختلاف مٹ جانے چاہئیں۔"

میں اس کے قریب بستر پر بیٹھ گیا۔ پھر محبت سے اس کا ہاتھ تھام کر بولا۔

"اختلافات تم ہی ختم کر سکتی ہو — کیا اب بھی تم نہیں چاہو گی کہ ہمارا بیٹا ایماندار اور با اصول انسان کہلائے۔"

"ضرور چاہوں گی — مگر یہ برداشت نہیں کروں گی کہ میرا بچہ پیدل اسکول جائے اور کار میں بیٹھنے والے بچوں کو دیکھ کر احساسِ کمتری میں مبتلا رہے۔ اگر آپ ابھی سے آمدنی نہیں بڑھائیں گے تو میں اپنے بچے پر آپ کا سایہ بھی نہیں پڑنے دوں گی۔"

"دیکھو تم پھر جھگڑا بڑھانے والی باتیں کر رہی ہو۔ کیا مجھے اپنے بچے کے مستقبل کی فکر نہیں ہے؟ میں اسے اعلیٰ تعلیم دلاؤں گا۔ ایک سچا انسان بناؤں گا۔"

"جیسے کہ آپ ہیں۔!" وہ چڑ کر بولی — "میں آپ کے ساتھ نہیں جاؤں گی۔"

میرا دل ڈوبنے لگا — اب ناہید کی اہمیت بڑھ گئی تھی۔ اب وہ صرف ضدی شریکِ حیات ہی نہیں بلکہ میرے ہونے والے بچے کی ماں بھی تھی۔ اور اس بچے کو میری کمزوری بنا کر مجھ سے اپنی ضد منوا سکتی تھی۔ ہمارے درمیان پھر تُو تُو۔ میں میں شروع ہو گئی — میرے ساس، سسر،

سالے سالیاں سب ہی جمع ہو گئے۔ اور مجھے الزام دینے لگے۔ طعنے بھی دیئے کہ جب مجھے درویشانہ زندگی گزارنی تھی تو میں نے شادی کر کے ناہید کی زندگی کیوں برباد کی۔؟

میں انھیں سمجھا نہیں سکتا تھا ـــ اور ان کی باتیں میری سمجھ سے باہر تھیں ـــ اس لئے ناہید کے بغیر ہی گھر واپس آگیا۔ اصول، اپنی جگہ اٹل ہوتے ہیں۔ اس کے باوجود جذبات پریشان کرتے ہیں ـــ پہلے ناہید کے لئے پیار کا جذبہ تھا۔ اب ایک بچہ کی محبت کا اضافہ ہو گیا تھا۔ میرے چند روز بڑی بے چینی میں گزرے ـــ پھر میں بچوں کو پڑھانے میں زیادہ سے زیادہ وقت صرف کرنے لگا۔ تمام بچوں کے چہروں پر اپنے آنے والے بچے کی صورت دیکھ کر بہلنے لگا۔

اسی طرح وقت گزرنے لگا۔ نو ماہ بعد خوش خبری ملی کہ بیٹا پیدا ہوا ہے ـــ میں پھر ناہید کے دروازے پر پہنچ گیا۔ میری ساس نے بچے کو میری گود میں لا کر رکھا۔ وہ ناہید کی طرح خوبصورت تھا مگر اس کے تیور میری طرح تھے۔ میری خوشی کا کوئی ٹھکانہ نہیں تھا۔ وہ میرے جسم کا ایک حصّہ تھا۔ میرا نام لیوا تھا۔ میرے اصولوں کو آگے بڑھانے والا تھا ـــ لیکن اس وقت میں نے دانستہ اُصولوں کی بات نہیں چھیڑی۔ اس خوشی کے موقع پر میں دوبارہ جنگ چھیڑنا نہیں چاہتا تھا۔

پھر میں اسی طرح آنے جانے لگا۔ سوا مہینے کے بعد میری

ساس نے کہا۔

"ہم نے بیٹی کو بہت عرصہ اپنے پاس رکھ لیا۔ اب تم اپنے گھر لے جاؤ۔"

"میں بھی بہت عرصے سے یہی چاہتا ہوں۔ مگر آپ کی بیٹی راضی نہیں ہوتی۔!"

ناہید نے کہا۔

"آپ میری بات مان لیں۔ میں آپ کے ساتھ چلوں گی۔"

"جو باتیں میری دانست میں غلط ہیں میں انھیں نہیں مان سکتا۔"

میرے سسر نے فیصلہ سنایا۔

"تو پھر تمہیں اپنی بیوی اور بچے کے اخراجات یہاں پورے کرنے ہوں گے۔ ہر ماہ ساڑھے تین سو روپے نان نفقہ کے لئے ادا کرنے پڑیں گے۔"

یہ ۱۹۵۴ء کی بات ہے۔ اُن دنوں آج جیسی مہنگائی نہیں تھی۔ تنخواہ کم ملتی تھی۔ اس وقت مجھے چار سو روپے ماہوار ملتے تھے۔ مکان کے کرائے اور بجلی پانی کے بل میں سو روپے چلے جاتے تھے۔ باقی تین سو روپے میں میرے اور ناہید کے کھانے کپڑے اور ناگہانی ضروریات میں خرچ ہو جاتے تھے۔ میں نے سسر صاحب کو حساب بتاتے ہوئے کہا۔

"اگر میں نان نفقہ کے ساڑھے تین سو ادا کروں گا تو پھر میں کہاں

رہوں گا۔ اور کیا کھاؤں گا ۔؟"

انہوں نے جواب دیا۔

" ایکسٹرا آمدنی پیدا کرو۔ اگر نہیں کر سکتے تو چوری کرو۔ شادی کی ہے اور بچے کے باپ بنے ہو تو جس طرح بھی ہو سکے اپنی ذمہ داریاں پوری کرو۔ اگر نہیں کرو گے تو یہاں پھر نہ آنا۔ ہم تمہیں بچے کی صورت بھی دیکھنے نہیں دینگے ۔"

میں پریشان حال وہاں سے چلا آیا۔ میری سمجھ میں نہیں آرہا تھا کہ لوگ اتنی بڑی دنیا میں کسی ایک انسان کو بھی ایمان دار رہنے کا موقع کیوں نہیں دیتے۔ اگر ناہید بچے کو لیکر میرے ساتھ رہتی تو چار سو روپے ماہوار میں ہم آسانی سے گزارا کر سکتے تھے۔ لیکن اب صورتِ حال یہ تھی کہ اپنے بچے کو سینے سے لگا کر رکھنے کے لئے نادار اور غریب بچوں سے فیس کے نام پر ایکسٹرا آمدنی پیدا کرنی لازمی تھی۔ اگر میں پرائے بچوں کا استحصال کرتا تو پھر بے ایمانی کے راستے کھلتے چلے جاتے تعلیم کا مقصد فوت ہو جاتا۔ نااہل بچوں کو رشوت لیکر امتحان میں پاس کر دیا جاتا۔ ہمارے ملک کے کتنے ہی معلم ایسی ہی مجرمانہ زندگی گزار رہے ہیں۔ لیکن میں کیا کروں۔ میرا ضمیر کسی جرم کے معاملہ میں میرا پارٹنر نہیں بنتا۔

میں یہ آخری فیصلہ سنانے کے لئے ناہید کے دروازے پر گیا۔ کہ میں اپنے ایک بچے کی خاطر دنیا کے تمام بچوں کو نقصان

نہیں پہنچا سکتا۔ وہاں جا کر پتہ چلا کہ ناہید. بچہ کو لیکر مجھ سے بہت دُور حیدرآباد اپنے بھائی کے ہاں چلی گئی ہے۔ جب تک میں اس کی شرائط تسلیم نہیں کروں گا. وہ واپس آکر اپنا اور اپنے بچّے کا منہ نہیں دکھائے گی۔!

پانچ برس گزر گئے ۔ میں نے صبر کرنا سیکھ لیا۔ ۲۰ رنومبر ۱۹۵۹ء کو اقوامِ متحدہ کی جنرل اسمبلی نے اتفاقِ رائے سے بچّوں کے حقوق کا عالمی منشور منظور کیا تو میری آنکھوں میں آنسو آ گئے۔ سارے عالم کے بچّے میرے پاس تعلیم حاصل کرنے آتے تھے۔ ایک میرا اپنا ہی بچہ میرے پاس آکر نہیں پڑھتا تھا۔ اب وہ پانچ برس کا ہو گیا تھا۔

ناہید بچّے کو لیکر کراچی واپس آگئی تھی۔ میں اس سے ملنے گیا تو بچّے کو چھپا دیا گیا۔ اب ان کے مطالبہ میں شدّت پیدا ہو گئی تھی۔ میرے سُسر نے کہا۔

"تم نے پانچ برس تک بیوی بچّے کے اخراجات پورے نہیں کئے۔ ہم بچّے کو تمہارے حوالے کر دینگے۔ کیونکہ قانوناً وہ تمہارا ہے۔ لیکن ہمارا قانونی مطالبہ ہے کہ بچّے کو لیجانے سے پہلے ناہید کا دین مہر اور پانچ برس کے اخراجات پورے کرو۔"

میں نے جھلّا کر کہا۔

"آپ لوگ میری شرافت سے ناجائز فائدہ اُٹھا کر مجھ پر ظلم کر رہے ہیں۔"

"تم نے میری بیٹی پر ظلم کیا ہے۔ تم نے پانچ برس تک اس کی خبر نہیں لی کہ وہ کیا کھاتی پیتی ہے اور کس حال میں رہتی ہے۔ ہم شریف لوگ ہیں۔ ورنہ ابتک قانونی چارہ جوئی کرتے تو تمہارے ہوش ٹھکانے آجاتے۔"

میں نے کہا۔

"میں بھی یہی کر سکتا تھا لیکن گھر کی عزّت کو عدالت تک لے جانا نہیں چاہتا تھا۔"

"ارے تو اب لے چلو نا عدالت میں۔ پانچ برس میں پچاس روپے کی ترقی پانے والے ماسٹر میں کتنا دم خم ہے، یہ ہم اچھی طرح جانتے ہیں۔ برخوردار خود کو بیچ کر بھی مقدمہ کے اخراجات پورے نہیں کر سکو گے۔"

میرے سسر صاحب درست فرما رہے تھے۔ مجھ جیسا غریب اسکول ماسٹر مقدمہ بازی نہیں کر سکتا تھا۔ اپنی بیوی کا پانچ برس کا نان نفقہ مجھ پر قرض کی طرح تھا۔ وہ قرض میں ادا نہیں کر سکتا تھا۔ اس کے مہر کی رقم نہیں دے سکتا تھا۔ میں ایک ماسٹر تعلیم کے سوا کسی کو کچھ نہیں دے سکتا تھا۔

نو برس اور گزر گئے۔ ناہید سے اور اپنے بیٹے سے جیسے ہمیشہ کے لئے رشتہ ٹوٹ گیا۔ ناہید نے طلاق نہیں لی۔ شاید اس لئے کہ طلاق کے بعد بیٹا میرے پاس آجاتا۔ میں اس لئے طلاق نہ دے سکا

کہ ایمانداری سے ساری عمر مہر کی رقم جمع نہیں کر سکتا تھا۔

میرے سب ہی جان پہچان والے میرے گھریلو حالات سے واقف ہو گئے تھے۔ وہ بظاہر میری ایمانداری اور اصول پرستی کی تعریفیں کرتے تھے۔ مگر ڈھکے چھپے الفاظ میں مجھے الزام دیتے تھے۔ مثلاً ایک اسکول ماسٹر نے پہلے میری بہت تعریفیں کیں۔ پھر کہا۔

" نظام صاحب! آپ کی جتنی بھی تعریف کی جائے کم ہے مگر یہ دنیا والے آپ کی قدر نہیں کرتے۔ میں نے کسی سے سنا ہے۔ مجھے یاد نہیں آ رہا ہے کہ کس سے سُنا ہے۔"

میں سمجھ گیا کہ وہ ماسٹر اپنے دل کی بات کسی دوسرے کے حوالے سے بول رہا ہے ۔۔۔ وہ بولنے لگا۔

" بہر حال ایسا تو کتنے ہی لوگ کہتے ہیں کہ آپ اپنی بیوی اور بچے پر ظلم کر رہے ہیں۔ آپ کی شریکِ حیات اگر کوئی غلط عورت ہوتی تو اب تک طلاق لے کر دوسری شادی کر لیتی۔ لیکن اس وفادار عورت نے اپنی جوانی کے چودہ سال آپ کی جدائی میں گزار دیئے۔"

" جدائی میں نہیں، ضد میں گزار دیئے۔"

" آپ جو کچھ بھی کہیں لیکن لوگ آپ کی بیوی کی حمایت میں بولتے ہیں۔ کہتے ہیں کہ آپ بچوں کی دنیا میں رہ کر بچے بن گئے ہیں۔ ایک عورت کی آرزوؤں اور اُمنگوں کو نہیں سمجھتے۔ آپ سینما اس لئے نہیں دیکھ سکتے کہ بچوں نے آپ کو وہاں دیکھ لیا تو یہی سمجھیں گے کہ فلمیں

دیکھنا اچھی بات ہے۔ آپ وہاں تفریح کے لئے نہیں جاتے۔ آپ کے ساتھ آپ کی شریکِ حیات بھی گھر کی چار دیواری میں محدود ہو کر رہ گئی تھی۔ اس مظلوم عورت کی تفریح کے لئے گھر میں کم از کم ایک ٹی وی تو ہونا چاہیئے تھا۔ بہت سے اسکول ماسٹروں کے ہاں ٹی وی، ریڈیو صوفے اور سنگار میز وغیرہ ہیں، آپ بھی یہ تمام سامان اپنے گھر میں لا سکتے ہیں۔ مگر کچھ لانے کی بجائے بیوی کو گھر سے نکال دیا۔ دیکھئے میں نہیں کہتا۔ یہ دنیا کہتی ہے۔"

ہاں دنیا اسی طرح کہتی ہے، جس طرح وہ کہہ رہا تھا۔ ان دنوں امتحانات شروع ہونے والے تھے۔ میں مختلف جماعتوں کے لئے سوالنامے تیار کر رہا تھا۔ ہر سال کی طرح طلبا میرے پیچھے پڑ گئے کہ میں سوالناموں کو پوشیدہ نہ رکھوں۔ انہیں کچھ بتا دیا کروں۔ دوسرے ماسٹروں نے سمجھایا کہ بچوں کو پہلے سے سوال کے پرچے معلوم ہو جائیں تو دوسرے اسکولوں کے مقابلہ میں ہمارے اسکول کا رزلٹ بہتر ہوگا۔ لیکن میری طرف سے وہی پرانا انکار تھا۔ میں نہیں چاہتا تھا کہ بچے چند سوالات کے جوابات طوطے کی طرح رٹ کر پاس ہو جائیں۔ اور محض نمائشی تعلیم کی سند حاصل کریں۔

تقریباً دس برس اور گزر جانے کے بعد ایک دن یوں ہوا کہ میں ایک کلاس کے طلبا کی نگرانی کر رہا تھا۔ لڑکے ریاضی کے سوالات حل کر رہے تھے۔ میں نے وہاں بیٹھے ہوئے ایک طالبِ علم

کو نقل کرتے دیکھ لیا۔ پھر اسے آواز دی۔

"جعفر! جو کاغذ تمہارے ہاتھ میں ہے۔ اُسے یہاں لے آؤ۔"

جعفر نویں جماعت کا طالب علم تھا۔ اچھا صحتمند اور قد میں میرے برابر تھا۔ میں نے اسے بُلایا تو اس نے طنزیہ انداز میں مجھے دیکھا۔ پھر اپنی جیب سے چاقو نکال کر اسے کھولا۔ اس کے بعد چیلنج کے انداز میں چاقو کی نوک میز کی سطح میں پیوست کر دی۔ یعنی وہ چاقو ایک معلّم کے سینے میں بھی پیوست ہو سکتا تھا۔

میرے دل کو ایک دھچکا سا لگا۔ یہ ہمارے ملک کے بچے ہیں۔ یہ ہماری تعلیم ہے۔ قصور بچّوں کا نہیں، ہمارے طرزِ تعلیم کا ہے۔ اگر ہم تمام استاد درسی اصولوں پر عمل کریں۔ طلبا ء کے جارحانہ اقدامات سے مرعوب ہو کر یا رشوت لیکر امتحانات کے سوالناموں کو ظاہر نہ کریں تو بچّوں کی نادان ضد بڑھتے بڑھتے خنجر کی نوک تک نہ پہنچے۔ میں نے جعفر کے قریب پہنچ کر کہا۔

"جب میں تعلیم دینے آیا ہوں تو تمہیں یہ بھی سکھاؤں گا کہ سچائی کو قائم رکھنے کے لئے بچّوں کو تیر اور تلوار سے خوفزدہ نہیں ہونا چاہیئے۔"

یہ کہتے ہی میں نے چاقو کا دستہ پکڑ کر اُسے اپنے قبضہ میں لیا پھر دروازے پر کھڑے ہوئے چپراسی سے کہا کہ وہ ہیڈ ماسٹر کو بلا کر لے آئے۔

تھوڑی دیر بعد ہیڈ ماسٹر تشریف لے آئے۔ انہوں نے

صورتِ حال کو سمجھنے کے بعد مجھے ایک طرف لے جا کر کہا۔
" نظام صاحب! میری درخواست ہے کہ آپ جعفر کو پہلی وارننگ دے کر معاف کر دیں۔"

میں نے کہا۔
" کاظمی صاحب! کسی بچّے کی ابتدائی چوری کو نظر انداز کرنے کا مطلب ہوگا کہ ہم آئندہ اپنے معاشرے کے لئے اپنے ہاتھوں سے ایک بڑے چور کو ابھی سے تیار کر رہے ہیں۔ بچّوں کے ذہن میں یہ خوف بٹھانا چاہیئے کہ جرم کے بعد سزا لازمی ہوتی ہے۔"
" نظام صاحب! آپ جیسے سچّے اور با اصول انسان سے کوئی بحث میں جیت نہیں سکتا۔ ہم سب آپ کی قدر کرتے ہیں لیکن جعفر محلے کے چیئرمین کا لڑکا ہے۔ اور چیئرمین صاحب کے بہنوئی وزارتِ تعلیم کے شعبہ کے ایک بہت بڑے افسر ہیں۔"
" ہونے دیجئے۔ ایک سچّا حاکم اور افسر میرے اس اقدام کو سراہے گا۔ اور بے ایمان افسروں سے تو میں نے ڈرنا نہیں سیکھا ہے۔ پھر یہ کہ میں اس امتحان ہال کا نگراں ہوں۔ مجرمانہ حرکت کرنے والے بچّوں کا محاسبہ کرنا میرا فرض ہے۔ آپ صرف ہیڈ ماسٹر کی حیثیت سے جعفر کی کاپی پہ یہ لکھ کر دستخط کر دیں کہ میرا اقدام درست ہے۔"
ہیڈ ماسٹر کو میری ضد کے آگے دستخط کرنے پڑے۔ میں نے بھی

اس کاپی پر دستخط کئے۔ پھر جعفر کو امتحان ہال سے نکال دیا۔ ایک بجے امتحان کا وقت ختم ہو گیا۔ دو بجے میں اسکول سے نکل کر اپنے گھر کی طرف جانے لگا۔ ایک تنگ سی گلی سے گزرنے کے دوران نویں اور دسویں جماعت کے چھ طلباء نے مجھے چاروں طرف سے گھیر لیا۔ ان میں جعفر بھی تھا۔

میں نے کہا۔

"میرے بچو! میں پہلے بھی سمجھا چکا ہوں کہ سچائی تھوڑی دیر کے لئے خاموش ہو سکتی ہے، تمہارے ہاتھوں اسپتال پہنچ سکتی ہے۔ مگر مر نہیں سکتی۔ میں اچھی باتیں سمجھاتا ہوں — تم سمجھنے کی کوشش کرو —!"

وہ سمجھنا نہیں چاہتے تھے — اچانک انہوں نے مجھ پر حملہ کر دیا۔ ایک کے ہاتھ میں ہاکی تھی۔ اس ہاکی سے میرے سر پر ضرب لگائی گئی میری آنکھوں کے سامنے تارے ناچنے لگے۔ مجھے سنبھلنے کا موقعہ نہ ملا۔ چاروں طرف سے لات اور گھونسے پڑ رہے تھے۔ میں زمین پر گر کر ہوش و حواس کھو بیٹھا۔

جب ہوش آیا تو میں اسپتال کے ایک بستر پر پڑا ہوا تھا۔ میرے سر پر اور ایک ہاتھ پر پٹیاں بندھی ہوئی تھیں۔ شام کے وقت ایک پولیس انسپکٹر میرا بیان لینے آیا۔ اس نے میری خیریت پوچھنے کے بعد سوال کیا۔

"آپ پر کس نے حملہ کیا تھا؟ میرا خیال ہے وہ ایک سے زیادہ ہونگے۔"

"جی ہاں! ــــ وہ سب میرے اور آپ کے بچے تھے۔ نویں اور دسویں جماعت کے طلباء تھے۔"

میں ان کے نام بتانے لگا۔ انسپکٹر نے تمام لڑکوں کے نام لکھنے کے بعد کہا۔

"میں اپنی ڈیوٹی کے مطابق رپورٹ درج کروں گا۔ لیکن اس کا نتیجہ کچھ نہیں نکلے گا۔"

"انسپکٹر صاحب! ہم سب بچوں کا عالمی دن مناتے ہیں۔ ہمیں پہلے یہ سمجھنا چاہیئے کہ ہر دور کے بچے جوان ہوتے ہیں تو وہ دوران کے مزاج کے مطابق بدلتا ہے اور بچوں کا ابتدائی مزاج والدین اور استادوں کے ذریعہ بنتا ہے۔ میں نے ان بچوں کی خاطر اپنی بیوی اور بچے کو چھوڑ دیا۔ تمام ماسٹر ایسا نہیں کر سکتے۔ کیونکہ اپنی آمدنی پر قناعت کرنا بہت کم لوگوں کو آتا ہے۔"

انسپکٹر نے اپنی جگہ سے اٹھتے ہوئے کہا۔

"صرف قناعت کی بات نہیں ہے، میں اپنی تعریف نہیں کرنا چاہتا۔ مگر سچ کہتا ہوں کہ میں رشوت یا حرام کے پیسے کسی سے نہیں لیتا۔ اس کے باوجود آپ کے اس کیس کو دیانت داری سے آگے نہیں بڑھا سکوں گا۔ میری ملازمت خطرے میں پڑ جائے گی اگر آپ کو اسکول سے نکال دیا گیا تو آپ ٹیوشن پڑھا کر گزارا

کرلیں گے۔ لیکن میری ملازمت چھوٹنے کے بعد میں کہیں کا نہ رہوں گا۔ بہرحال میں کوشش کروں گا کہ ان لڑکوں کو تنبیہہ کے طور پر تھوڑی بہت سزا ضرور ملے۔"

یہ کہہ کر وہ چلا گیا۔ چھ دن بعد مجھے اسپتال سے چھٹی مل گئی ساتویں دن اسکول پہنچا تو وہ تمام لڑکے اپنے اپنے والد کے ساتھ آئے جنہوں نے مجھ پر حملہ کیا تھا۔ انہوں نے اپنے ہیڈ ماسٹر اور اپنے بزرگوں کے سامنے کان پکڑ کر مجھ سے معافی مانگی۔

میں نے کہا۔

"اِنّمَا الاَعمَالُ بِالنِّیَّات' اعمال کا دارو مدار نیتوں پر ہے۔ اگر تم سب نیک نیتی سے معافی مانگ رہے ہو اور تم نے اپنی غلط روش کو چھوڑ دیا ہے تو میں صدق دل سے تمہیں معاف کرتا ہوں۔"

تمام ماسٹروں اور بزرگوں نے خوش ہو کر تالیاں بجائیں پھر جعفر کے باپ نے کہا۔

"نظام صاحب! ریاضی کی کاپیاں آپ کے پاس جائیں گی۔ ان میں میرے بیٹے کی کاپی نہیں ہے۔ کیونکہ آپ نے اسے امتحان سے نکال دیا تھا۔ اب جبکہ آپ اُسے صدق دل سے معاف کر چکے ہیں تو اسے صرف پاس مارک دے کر امتحان میں پاس کر دیں۔"

میں نے کہا۔

"چیئرمین صاحب! میں آپ سب کے سامنے جعفر کو چند سوالات دیتا ہوں۔ اگر وہ انہیں حل کر کے پاس مارک حاصل کرلے تو یہ تعلیم دینے کا صحیح طریقہ ہوگا۔ آپ بھی فخر کریں گے کہ آپ کا بیٹا سفارش کے بغیر اپنی صلاحیتوں کے بل پر کامیاب ہوا ہے۔"

جعفر کا منہ لٹک گیا ۔۔۔ اس کا چہرہ دیکھ کر چیئرمین کی سمجھ میں آگیا کہ بیٹا سفارش کے بغیر کامیاب نہیں ہوسکتا ۔۔۔ دونوں باپ بیٹے نے سہارے کے لئے دوسروں کو دیکھا ۔۔۔ اسکول کے ایک ماسٹر نے کہا۔

"نظام صاحب! آپ کبھی تو کسی کے لئے کچھ گنجائش رکھا کریں۔ جعفر امتحان سے پہلے بیمار تھا۔ اس لئے اچھی طرح تیاری ۔۔۔۔۔۔"

اس کی بات پوری ہونے سے پہلے ہی ایک کار اسکول کے احاطے میں آکر رکی ۔۔۔ چپراسی دوڑتا ہوا آیا۔ پھر اس نے اطلاع دی کہ ڈی سی طفیل احمد صاحب تشریف لائے ہیں۔ تمام لوگ ان کے استقبال کے لئے ہال سے باہر آگئے ۔۔۔ طفیل احمد نے لوگوں کے ہجوم میں مجھے دیکھا۔ پھر چیئرمین سے دریافت کیا۔

"کیا نظام صاحب سے تصفیہ ہوچکا ہے۔؟"

چیئرمین نے جواب دیا۔

"کسی حد تک ہوچکا ہے۔ ماسٹر صاحب نے جعفر کو معاف

کر دیا ہے۔ لیکن امتحان لئے بغیر اسے پاس کرنے کے لئے تیار نہیں ہوں۔"

"اچھا — میں بات کرتا ہوں —!" طفیل احمد مجھے اشارے سے بلا کر لوگوں سے ذرا دور لے گئے۔ پھر آہستگی سے بولے۔

"تم سے بیوی چھوٹ گئی — بچہ چھوٹ گیا۔ اتنے برسوں کے بعد اب تو تمہیں عقل آجانی چاہئے — دیکھو میں زیادہ باتیں کرنے کا عادی نہیں ہوں — میرا حکم ہے کہ جعفر کو پاس کر دو۔"

"جناب! میں جواب دے چکا ہوں۔"

انہوں نے دانت پیستے ہوئے مجھے دیکھا۔ پھر کہا۔

"ناہید اور تم سے میرا دور کا رشتہ ہے۔ اس لئے میں یہ بتا رہا ہوں کہ میری آٹھ سالہ لڑکی فوزیہ سے جعفر کی نسبت طے ہو چکی ہے۔ اگر تم نے میری بات نہ مانی تو میری بیٹی کی ہونے والی سسرال میں میری سبکی ہوگی —!"

"جناب! یہ اسکول ہے۔ آپ رشتہ داروں کا واسطہ کیوں دے رہے ہیں۔"

"بیوقوف کے بچے ...." یہ کہتے ہی انہوں نے ایک زوردار طمانچہ میرے منہ پر رسید کیا — جیسے میرا منہ گھوم گیا ویسے ہی دنیا گھومنے لگی۔

کسی کا دماغ کب پھر جاتا ہے؟ جب اس کی خودداری اور

ایمانداری کے منہ پر طمانچہ پڑتا ہے۔

میری آنکھوں کے سامنے اندھیرا چھا گیا۔ تیس برس سے جو تعلیم دیتا آ رہا تھا۔ اس کی روشنی کی ایک رمق بھی نہ تھی۔۔۔ اتنی جدو جہد کے بعد اندھیرا میرے حصّہ میں آیا تھا۔

میں نے بچّوں کو تعلیم دینے کے لئے کبھی طمانچے مارے ہوں گے اس دنیا کے بڑے اپنی انا کے لئے تمام علوم کے منہ پر تھپڑ مارتے ہیں۔ میرا سر گھوم رہا تھا۔ مجھے کچھ نظر نہیں آ رہا تھا۔۔ اچھا ہے کہ کچھ نظر نہ آئے۔ میں بے حس انسانوں کے لئے اندھا بن جاؤں۔ میں اس دنیا کے لئے مر جاؤں۔ تب میں نے چیخ کر کہا۔

"میں تمہاری دنیا میں زندہ نہیں رہنا چاہتا۔۔۔ میں زندہ نہیں۔۔۔۔"

یہ کہتے ہی میں دھڑام سے فرش پر گر کر مر گیا۔

☆

میں نہیں جانتا کہ اس دن کے بعد میری زندگی کے دس برس ماضی کی قبر میں کیسے گزرے۔ بعض حالات میں کتابِ زندگی کے اوراق گم ہو جاتے ہیں۔ مجھے نہیں معلوم کہ میں کچرا گھر تک کیسے پہنچ گیا۔ سوچنے سے سمجھ میں آتا ہے کہ علم کے منہ پر طمانچہ کھاتے ہی توہین کا احساس اتنی شدت اختیار کر گیا تھا کہ میرا ذہنی توازن برقرار نہ رہا۔ شاید کچھ لوگوں نے مجھے دیوانگی سے فرزانگی کی طرف واپس لانے کی کوشش کی ہوگی۔ دماغی اسپتال میں علاج کرایا ہوگا۔ پھر بے ضرر پاگل سمجھ کر مجھے میرے حال پر چھوڑ دیا گیا ہوگا۔

انسان اگر ہوش و حواس کھو بیٹھے اور کسی کام کا نہ رہے تو وہ انسانی سماج کا کچرا بن جاتا ہے۔ اسی لئے میں بھی کچرا گھر میں پہنچ گیا۔ وہاں بھی کچرا چننے والے بچے میرے پاس آتے تھے۔

میں مملکتِ کچرا آباد کا حاکم تھا۔ کھانو وہاں کا راشننگ آفیسر تھا۔ جو باسی اور جھوٹے کھانے جمع کرتا تھا۔ سکینہ اور دوسرے بچے، خالی ڈبے، بوتلیں، کپڑوں کے چیتھڑے، کاغذ اور بھوسی ٹکڑے وغیرہ چنتے تھے۔ سب کام کرتے تھے۔ میں کسی کو تعلیم نہیں دیتا تھا۔ کیونکہ تعلیم نے مجھے کچھ نہیں دیا تھا۔

اب میں علم کی بات کرتا ہوں تو چشم تصور میں پھر وہی طمانچہ میرے منہ پر پڑتا ہے۔ لہٰذا میں طمانچے کھانے والی سچائی کا سبق کسی کو نہیں پڑھا سکتا۔ لوگ کہیں گے کہ سچائی پر سے میرا ایمان اُٹھ گیا ہے ـــــ میں کہتا ہوں کہ اُٹھا نہیں بلکہ ایمان اٹھا کر کچرا گھر میں اسی طرح پھینک دیا جاتا ہے۔

وہ گمنام معصوم بچّی میری گود میں تھی۔ نوزائیدہ بچے بہت جلد اپنے ماحول سے مانوس ہو جاتے ہیں۔ وہ بچّی دو ہی دنوں میں اس کچرا گھر کی غلاظت اور بدبو سے مانوس ہو گئی۔ میں اُسے کوڑا کرکٹ کے ڈھیر میں جہاں ڈالتا تھا وہ وہیں سو جاتی تھی۔

اس بچّی کے ماں باپ کون تھے؟ پہلے میں سمجھا تھا کہ یہ بانو کے شوہر اور شازیہ کا گناہ ہے۔ پھر دوسری رات کنیز نام کی ایک عورت اسے دودھ پلانے آئی تھی۔ اس کا بیان تھا کہ یہ اس کی اپنی بچّی نہیں ہے۔ وہ اپنے بچّے کے حصّے کا دودھ پلانے آئی تھی حیرانی کی بات یہ تھی کہ خود اس کے شوہر نے اس مقصد کے لئے

اسے کچرا گھر میں بھیجا تھا۔

اس رات کی صبح کنیز کا شوہر میرے پاس آیا۔ پھر اُس نے رازداری سے پوچھا۔

"بچی کے ساتھ جو پانچ ہزار روپے تھے، وہ کہاں ہیں؟"

میں کہنا چاہتا تھا کہ وہ رقم تھانیدار نے لے لی ہے۔ پھر تھانیدار کی دھمکی یاد آئی۔ اگر میں یہ بات کہہ دیتا تو اس کچرا گھر سے بے دخل کر دیا جاتا۔ اب تو مجھے اتنی بڑی دنیا کے کچرا گھر میں رہنے کے لئے جھوٹ بولنا آگیا تھا۔ میں نے کہا۔

"اس بچی کے ساتھ پانچ ہزار روپے تو کیا پانچ پیسے بھی نہیں تھے۔ تم کون ہو؟ ایسی غلط باتیں کیوں کر رہے ہو؟"

اس نے طنزیہ انداز میں کہا۔

"بڑے میاں جھوٹ نہ بولو۔ اس بچی کا نانا لکھپتی ہے۔ میں اس گھر کا ڈرائیور ہوں۔ وہاں کے تمام راز جانتا ہوں۔ میں نے اپنے کانوں سے سنا ہے وہ بوڑھا لکھپتی اپنی بیوی سے کہہ رہا تھا کہ بچی کو اس علاقہ کے کچرا گھر میں اس نے چھوڑا ہے۔ کوئی نہ کوئی اسے اٹھا کر لیجائے گا۔ کیونکہ اس کی باسکٹ میں پانچ ہزار روپے رکھ دیئے گئے تھے۔"

اتنا کہہ کر وہ ڈرائیور میرے ردِّ عمل کو بھانپنے لگا۔ میں نے یوں لاپرواہی کا اظہار کیا کہ جیسے وہ بکواس کر رہا ہو۔ اس نے کہا۔

"جس رات بچی کو یہاں پھینکا گیا۔ اس کے دوسرے دن مجھے یہ بات معلوم ہوئی۔ میں یہاں آیا تو بہت سے لوگوں کی بھیڑ لگی ہوئی تھی کچھ لوگ تمہاری اور اس بچی کی تصویریں کھینچ رہے تھے۔ میں رات کو دوبارہ یہاں آنے کے خیال سے واپس چلا گیا۔"

میں نے کہا۔

"اچھا تو پانچ ہزار روپے مجھ سے حاصل کرنے کے لئے تمہاری بیوی نے اس بچی کو دودھ پلایا تھا۔"

"ہاں! یہی سمجھ لو ــــ نکالو پانچ ہزار...."

میں نے ہنستے ہوئے کہا۔

"آج تک دنیا کے کسی بچے نے اتنا مہنگا دودھ نہیں پیا ہوگا۔ بھئی اسے ایک وقت بھی دودھ پلانے کی کیا ضرورت تھی۔ تم اس کے بغیر ہی مجھ سے اتنی بڑی رقم مانگنے آ سکتے تھے۔"

اس نے کہا۔

"میں اس بچی کو زندہ رکھنا چاہتا ہوں ــ تم میرا ساتھ دو گے تو ہم دولت میں کھیلیں گے۔ اس بچی کو زندہ رکھ کر اس کے لکھ پتی نانا کو بلیک میل کریں گے۔"

"اس کا نانا کون ہے؟"

"میں یہ راز نہیں بتاؤں گا۔ تم صرف میرے پارٹنر رہو گے۔ اس پانچ ہزار میں سے تمہیں پانچ سو روپے دوں گا۔"

"میرے پاس ایک پیسہ نہیں ہے۔"

"جھوٹ نہ بولو۔ میں تمہیں ایک ہزار دوں گا۔"

میں نے مسکراتے ہوئے کہا۔

"میرے عقلمند بھائی! جب پورے پانچ ہزار میں ہضم کر سکتا ہوں تو پھر تمہارا پارٹنر بن کر اپنے چار ہزار کا نقصان کیوں کروں۔"

اس نے غصّہ سے میرا گریبان پکڑ کر کہا۔

"مکّار بوڑھے! میں تیرا گلا دبا دوں گا۔ زندگی چاہتا ہے تو وہ روپے نکال کر سامنے رکھ دے۔"

"میں زندگی نہیں چاہتا۔ زندگی کا مذاق اڑانا چاہتا ہوں۔ اسی لئے کچرا گھر میں بیٹھا ہوں۔ تم مجھے دھمکی نہ دو۔ البتہ میں تمہیں وارننگ دیتا ہوں کہ تم نے میرا گریبان نہ چھوڑا تو میں چیخنا شروع کر دوں گا۔ دیکھتے ہی دیکھتے بھیڑ لگ جائے گی۔ پولیس والے آجائیں گے۔ پھر میں ان سے کہوں گا کہ تم بچّی کے ماموں جان ہو...."

وہ میرا گریبان چھوڑ کر مجھے گھورنے لگا۔ پھر مجھے گھونسہ دکھاتے ہوئے بولا۔

"اب اگر تو نے مجھے بچّی کا ماموں کہا تو میں تیرا منہ توڑ دوں گا۔ میری بہن کی شادی اگلے ماہ ہونے والی ہے۔ وہ بے حیا، بے غیرت نہیں ہے۔ تو اسے بدنام کرے گا تو...."

اس نے دونوں ہاتھ اٹھا کر میرا گلا گھونٹنے کی دھمکی دی۔

میں نے کہا۔

"نہیں ذرا ٹھنڈے دماغ سے سوچنا چاہیئے۔ بچّی کے سلسلہ میں میری گواہی سب سے اہم اور قابلِ قبول ہوگی۔ کیونکہ بچی کو یہاں چھوڑ جانے والا میری نظروں سے گزرا ہوگا۔ اور میں نے اسے پہچان لیا ہوگا۔ اگر تم کسی کی بہن یا بیٹی کو بلیک میل کروگے تو میں یہی بیان دوں گا کہ تم اپنی بہن کا گناہ چھپانے کے لئے اسے میرے پاس چھوڑ گئے تھے۔!"

وہ ٹھنڈا پڑ گیا ـــــ پریشان ہوکر میرا منہ تکنے لگا۔ اب وہ جابر اور سنگدل بلیک میلر نظر نہیں آرہا تھا۔ وہ تھکے ہوتے انداز میں کچرے پر بیٹھ گیا۔ پھر ہارے ہوئے جواری کی طرح بولنے لگا۔

"میں نے اپنی بہن کو باپ بن کر پالا ہے ـــــ اسے گود میں کھلایا ہے۔ اور اب تک اسے دلہن بنا کر رخصت کرنے کے خواب دیکھتا آرہا ہوں ـــ"

میں نے کہا۔

"ہم اپنے بھائیوں اور بہنوں کو بھی اولاد کی طرح پالتے ہیں۔ اپنے بچوں کی طرح ان کا اچھا مستقبل بنانا چاہتے ہیں۔ بچّوں کے اس عالمی سال میں ہمیں سوچنا چاہیئے کہ ہم ان کے لئے کس انداز میں کیا کرنا چاہتے ہیں۔ اور نتیجہ کیا نکلتا ہے؟"

اس نے کہا۔

"میں اچھے انداز میں بہن کی ڈولی اٹھانا چاہتا تھا۔ جب میری محدود آمدنی سے خواب پورے نہ ہو سکے تو میں مالک کی کار سے پرزے اور پیٹرول چرانے لگا۔ اس کا نتیجہ یہ ہوتا کہ کبھی میں پکڑا جاتا تو میری بہن چور کی بہن کہلاتی۔ لیکن ہم اپنے خوابوں کی تعبیر تک پہنچنے کے لئے بڑے انجام کا خطرہ مول لیتے ہیں۔"

"تو پھر خطرہ تمہارے سامنے ہے۔ یہ اچھی طرح سمجھ لو کہ تم کسی دوسرے کی بہن کو کانٹوں میں گھسیٹ کر اپنی بہن کو پھولوں کا سہرا نہیں پہنا سکو گے۔"

"میں کسی کو بلیک میل نہیں کروں گا۔ تم مجھ پر مہربانی کرو۔ میری بہن کو اپنی بہن سمجھ کر اس کے جہیز کے لئے پانچ ہزار دے دو۔!" میں نے کہا۔

"اگر بہن میری ہوتی تو میں اسے جہیز میں یہاں کا کچرا دیتا۔ یعنی انسان کو اپنی اوقات کے مطابق لین دین رکھنا چاہیئے۔ اگر تمہاری اوقات کے مطابق تمہاری بہن کو کوئی بیاہنا نہیں چاہتا تو سمجھ لو کہ وہ بیچاری بھی دوسری بے چاریوں کی طرح اس سماج کا کچرا ہے۔ اسے یہاں بھیج دو۔۔۔ یہاں کم از کم ردّی خریدنے یا قبول کرنے والے تو آہی جاتے ہیں۔"

وہ غصّہ سے اٹھ کر کھڑا ہو گیا۔۔۔ اس کا بس چلتا تو پانچ ہزار کے لئے مجھے قتل کر دیتا۔۔۔ مگر ہر شخص قتل کرنا نہیں جانتا۔

وہ پاؤں پٹختا ہوا وہاں سے چلا گیا۔ اس نے مجھے بچی کے لکھ پتی نانا کا نام اور پتہ نہیں بتایا۔ میں اس سے اس لئے نہ پوچھ سکا کہ یہ راز معلوم کرنے کے لئے اسے پانچ ہزار کی رشوت نہیں دے سکتا تھا۔

پورا ایک ہفتہ گزر گیا۔ بچی اپنے ماحول سے بہت زیادہ مانوس ہو گئی تھی۔ اسے وہاں کی غلاظت کا احساس نہیں تھا۔ بڑے گھر کے نخرے بھول گئی تھی۔ آرام سے کچرے میں پڑی اپنے ہاتھ پاؤں جھٹک کر کھیلتی رہتی تھی۔

ایک شام کی بات ہے۔ ایک نوجوان کچرا گھر کے سامنے آیا۔ وہ دور سے مجھے دیکھ رہا تھا۔ بچی میری گود میں کھیل رہی تھی۔ وہ ہچکچاتے ہوئے قریب آ کر بولا۔

"بڑے میاں! کیا آپ میری عزت رکھیں گے۔"

اس نوجوان کا چہرہ دیکھ کر جانے کیوں اپنائیت کا احساس ہو رہا تھا۔ شاید اس لئے کہ اس کے چہرے پر بے شمار دکھوں کا سایہ تھا۔ میں نے کہا۔

"شاید تم یہ کہنے آئے ہو کہ یہ بچی تمہاری ہے۔ اور میں یہ بات کسی سے نہ کہوں۔؟"

"ہاں! مگر پہلے یہ یقین ہو جائے کہ یہ میری ہے۔ اس بچی کے ساتھ جو سامان تھا، وہ مجھے دکھائیں میں پہچان لوں گا۔"

میں نے ہنستے ہوئے کہا۔

"اچھا! تو تم بھی پانچ ہزار روپے کے لئے آئے ہو۔ جاؤ برخوردار اپنا کام کرو۔ یہاں سے تمہیں ایک پیسہ بھی نہیں ملے گا۔"

وہ خوش ہو کر بولا۔

"اوہ! تو یہ وہی ہے جس کے باسکٹ میں پانچ ہزار تھے۔ مجھے ایک پیسہ بھی نہیں چاہیئے۔ بس مجھے یقین ہو گیا کہ یہ میری ہے۔"

یہ کہتے ہی اس نے بچی کو میری گود سے اٹھا کر چومنا شروع کر دیا پھر ذرا منہ بنا کر بولا۔

"کیسی بو آرہی ہے۔ کیا آپ اسے صاف ستھرا نہیں رکھ سکتے تھے۔"

میں نے کہا۔

"سال دو سال میں کچرا گھر کی صفائی ہوتی ہے تو میں بھی غسل کرتا ہوں۔ جب وہ وقت آئے گا تو میں بچی کو ضرور غسل کراؤں گا۔"

اس کی آنکھوں میں آنسو آگئے۔ وہ بچی کو سینے سے لگا کر بولا۔

"خدایا! میں نے کوئی گناہ نہیں کیا۔ پھر میری بچی غلاظت کے جہنم میں کیوں پہنچ گئی۔؟"

"خدا سے کیوں پوچھتے ہو؟ اولاد کی ذمہ داری والدین پر ہوتی ہے۔ تم خود اپنے سوال کا جواب دو۔ اگر یہ گناہ نہیں ہے۔ تم گناہگار نہیں ہو تو یہ کچرے میں کیسے پہنچ گئی۔؟ تمہاری بیوی، اس بچی کی ماں کہاں ہے۔؟"

"بابا! مجھ سے آپ کچھ نہ پوچھیں ـــ میں نہیں بتا سکوں گا۔ اس کی ماں بہت معصوم اور مظلوم ہے ـــ میں اسے بدنام نہیں کروں گا۔ !"

میں نے کہا۔

"کوئی دوسرا اسے بدنام کرے گا۔ تمہاری بیوی ایک لکھ پتی باپ کی بیٹی ہے۔ !"

وہ گھبرا کر مجھے دیکھنے لگا۔ میں نے پھر کہا۔

"اس کوٹھی کے ڈرائیور کو معلوم ہو چکا ہے کہ اس بچّی کے ساتھ یہاں پانچ ہزار روپے آتے ہیں۔ وہ مجھ سے رقم وصول کرنے آیا تھا۔ اور کہہ رہا تھا کہ اس بچّی کے نانا کو بلیک میل کر کے آئندہ بھی رقمیں وصول کرتا رہے گا۔"

وہ خوف زدہ ہو کر ادھر ادھر دیکھنے لگا۔ جیسے معلوم کرنا چاہتا ہو کہ بدنامی کس طرف سے بڑھتی آرہی ہے۔

"بیٹے!" میں نے نرمی سے کہا ـــ "پریشان ہونے کی ضرورت نہیں ہے۔ میں نے اس ڈرائیور کا ساتھ دینے سے انکار کر دیا ہے۔ میرے تعاون کے بغیر وہ کچھ نہیں کر سکے گا۔"

وہ مطمئن ہو کر مجھے احسانمندی سے دیکھتے ہوئے بولا۔

"بابا! آپ بہت اچھے ہیں ـــ میں آپ کے احسان کا بدلہ نہیں چکا سکتا۔"

"بچا سکتے ہو، صرف اتنا بتا دو کہ جب تمہاری شادی ہو چکی ہے۔ یہ بچی جائز ہے تو پھر یہاں کیوں پھینکی گئی۔"

وہ ہچکچانے لگا ــــ میں نے اسے دھمکی دی کہ اگر وہ مجھے حقیقت نہیں بتائے گا تو میں بچی کو اس سے چھین لوں گا۔ کبھی اس کی گود میں جانے نہیں دوں گا ــــ اس دھمکی کا خاطر خواہ اثر ہوا۔ اس نے کہا۔

"جو کچھ مجھ پر، میری بیوی اور میری بچی پر بیت رہی ہے۔ وہ میں بتا رہا ہوں۔ مگر کسی کا نام اور پتہ نہیں بتاؤں گا۔"

"صرف اپنا نام بتا دو ــــ تاکہ میں تمہیں مخاطب کر سکوں۔"

"بیٹا ــــ آپ مجھے بیٹا کہہ کر مخاطب کریں۔ جب سے میں نے خون کے رشتوں کو سمجھنا شروع کیا ہے۔ تب سے میری یہ آرزو رہی کہ میرا کوئی باپ ہوتا اور مجھے بیٹا کہہ کر مخاطب کرتا۔"

میرے دل میں نشتر چبھنے لگے ــــ یہ آرزو میری بھی رہی کہ میرا بیٹا کبھی سامنے آتا تو میں اُسے بیٹا کہہ کر سینے سے لگا لیتا ــ میں نے بھیگی آنکھوں سے اسے دیکھتے ہوئے پوچھا۔

"بیٹے! تم باپ سے محروم ہو اور میں بیٹے سے۔۔۔"

"کیا وہ مر چکا ہے۔؟"

"نہیں، ایسا مت کہو، میرا بیٹا زندہ ہو گا۔ ضرور کہیں اچھی زندگی گزار رہا ہو گا ــــ کیا تمہارے والد کا انتقال ہو چکا ہے۔؟"

"نہیں، آپ ایسا نہ کہیں ــــ وہ بھی یقیناً زندہ ہوں گے۔ پہلے میری امی غصے میں کہتی تھیں کر وہ مر گئے ہیں ــــ جب میں پندرہ برس کا ہوا تو انہوں نے بتایا کہ میرے والد بہت ہی ضدی اور اصول پرست ہیں۔ اور ایک اسکول کے ماسٹر ہیں۔"

میرے ذہن کو ایک جھٹکا سا لگا۔ میں نے تڑپ کر پوچھا۔

"کیا تمہارے والد کا نام نظام الدین ہے؟"

"آں؟" اب وہ چونک کر میرا منہ تکنے لگا۔ آ۔ آپ کیسے جانتے ہیں؟ نہیں، میں اپنے والد کا نام نہیں بتاؤں گا۔"

"نام نہ بتانا اور بات ہے اور اپنے باپ کے نام کو تسلیم نہ کرنا اور بات ہے۔ جو اپنے باپ کے نام سے انکار کرتا ہے، خود کو اور اپنی محترم والدہ کو گالی دیتا ہے۔"

وہ جھلا کر بولا۔

"آپ کو ایسی بات کہنے کی جرأت کیسے ہوئی؟"

"عقل کی باتیں سمجھانے کے لئے جرأت کی ضرورت ہوتی ہے۔"

اس نے مجھے گھورتے ہوئے کہا۔

"میں اپنی بچی کو ساتھ لیجاؤں گا۔"

"نہیں بیٹے! یہ قانون کے کھاتے میں اور اخبارات کے کالموں میں آچکی ہے ــــ اسے زبردستی لیجانا چاہو گے تو میں شور مچاؤں گا۔"

وہ نرم پڑ گیا۔

"میں آپ سے عزّت کی بھیک مانگ رہا ہوں۔"

"میں تم سے تمہارے باپ کا نام پوچھ رہا ہوں۔ لیکن نام بتانے سے پہلے اچھی طرح یقین کر لو کہ خود کو گالی نہیں دے رہے ہو۔"

وہ مجبور ہو کر بولا۔

"میرے والد کا نام نظام الدین ہے۔ اب سے دس برس پہلے میری امّی نے جب مجھے بتایا کہ وہ اسکول ماسٹر ہیں تو میں ان سے ملنے کے لئے اس اسکول میں پہنچا ——— وہاں ہیڈ ماسٹر نے بتایا کہ وہ مینٹل اسپتال میں ہیں ——— میں اپنی امّی کو لیکر دماغی مریضوں کے اسپتال میں گیا ——— وہاں پتہ چلا کہ میرے والد ذہنی توازن کھو بیٹھے ہیں۔ چونکہ وہ بے ضرر پاگل تھے۔ کسی کو ان سے نقصان نہیں پہنچ سکتا تھا۔ اس لئے انہیں جنرل وارڈ میں رکھا گیا تھا۔ پچھلی رات وہ اپنے بستر سے اُٹھ کر چلے گئے۔ اور ابتک واپس نہیں آئے، پتہ نہیں کہاں بھٹک رہے ہیں۔"

وہ کہہ رہا تھا ——— میری آنکھوں سے آنسو رواں تھے۔ آنسو بھری آنکھوں کے سامنے میرے جگر کا ٹکڑا دھندلا رہا تھا۔ شام کی پھیلتی ہوئی تاریکی میں مجھے یوں لگا، جیسے وہ پھر گم ہو جائے گا ——— میں نے تڑپ کر کہا۔

"بیٹے! اس سے پہلے کہ میں مر جاؤں، میرے سینے سے لگ جاؤ، میں ناہید کا شوہر اور تمہارا باپ ہوں۔!"

میری زبان سے اپنی ماں کا نام سنکر وہ چونک گیا۔ میں نے اُس کے نانا کا نام بتایا تو مقناطیسی رشتوں نے اسے میرے سینے سے لاکر لگادیا۔ میری خوشیوں کا اندازہ وہی کرسکتا ہے۔ جس کا بیٹا بچپن میں بچھڑا ہو اور جوانی میں اچانک ہی آکر گلے سے لگ گیا ہو، تھوڑی دیر تک میں اسے چومتا رہا۔ وہ مجھے پیار کرتا رہا۔ میرے بدن سے کچرے کی بو اٹھ رہی تھی۔ مگر جذبات کے ہجوم میں غلاظتوں کا احساس مٹ جاتا ہے۔

"ابا جان! آپ نے یہ کیا حالت بنا رکھی ہے؟"

میں نے کہا۔

"انسان کی امیدیں دم توڑ دیتی ہیں۔ اور جب وہ خدا کی طرف سے ہونے والے فیصلوں کا انتظار نہیں کرتا ہے تو وہ اسی حال کو پہنچ جاتا ہے۔ اب سے چھ برس پہلے ہی مجھے رفتہ رفتہ احساس ہونے لگا تھا کہ میں پاگل نہیں ہوں۔ یہاں کی ہر چیز کو، ہر مقام کو ایک ہوشمند کی طرح سمجھ رہا ہوں۔ اس کے باوجود میں اس کچرا گھر میں بیٹھا رہا۔ اس لئے کہ میں اپنے اصولوں کو ہر قدم پر شکست کھاتے دیکھ کر تھک گیا تھا۔

بیٹے! میں نے فیصلہ کر لیا تھا کہ اب کسی کو تعلیم نہیں دوں گا۔ اب اپنی اولاد کو دیکھ کر غلطی کا احساس ہو رہا ہے۔ جب تک بچوں کی محبت قائم رہے گی، تعلیم کا سلسلہ کبھی ختم نہیں ہوگا۔ اگر مفاد

پرست لوگ بچوں کو غلط تعلیم کا زہر پلا رہے ہیں تو ہمارا فرض ہے کہ آخری سانس تک اس زہر کا توڑ کرتے رہیں اور اسکولوں اور کالجوں کو بچوں کا کچرا گھر بنانے کا موقعہ نہ دیں۔ تم میری طرح مُعلّم بنو گے نا؟"

میرے بیٹے نے ندامت سے سر جھکا لیا۔

"جب میں اسکول میں پڑھتا تھا۔ اور چھوٹی کلاس کے طلبا کو ٹیوشن پڑھا کر اخراجات پورے کرنا چاہتا تھا تو امّی غصّہ سے کہتی تھیں ــــ خبردار! اسکول ماسٹر کبھی نہ بننا ـ تم میرے بیٹے ہو۔ میرا بیٹا ڈپٹی کمشنر بنے گا ــــ اس طرح یہ بات میرے دماغ میں بیٹھ گئی کہ مجھے معلّم نہیں بننا چاہیئے۔ اب تو میں ڈپٹی کمشنر بھی نہیں بن سکتا میں آپ جیسے قابل استاد کا بیٹا نویں جماعت سے آگے تعلیم حاصل نہ کر سکا۔"

میرے دل پر ایک پتھر سا لگا۔ میں نے صدمہ سے چُور ہو کر کہا۔

"بیٹے! تمہیں آگے پڑھنا چاہیئے تھا"

"کیسے پڑھتا ــ؟ جب میں نویں جماعت میں اوّل آیا تو امّی نے کہا ــ یہ باپ کی ذہانت لیکر کیا کرو گے؟ تعلیم سے کچھ حاصل نہیں ہوتا ــ تمہارے جیسے نوجوان لڑکے ویلڈنگ کا کام سیکھ کر دُبئی اور سعودی عرب جاتے ہیں۔ اور ہزاروں روپے کما کر لاتے ہیں۔ تم ویلڈنگ کا کام سیکھو ـ میں تمہارے ڈی۔ سی ماموں سے کہہ کر تمہیں سعودی عرب بھیج دوں گی ـ!"

آہ! ناہید ہزاروں روپے کی آمدنی کا خواب مجھ سے پورا نہ کرا سکی۔ میرے بیٹے کے ہاتھوں اس کی تعبیر چاہتی رہی۔ والدہ کی حرص اور آرزوئیں اولاد سے تعلیم کا حق چھین لیتی ہیں۔ میرا بیٹا کہہ رہا تھا۔

'میں نے تعلیم چھوڑنے سے انکار کیا تو امی رونے لگیں۔ میرے دل نے کہا کہ آپ انھیں ساری عمر رُلاتے رہے، مجھے نہیں رُلانا چاہیے۔ میں نے ان کی بات مان لی۔ مگر میں پڑھتا اور کام سیکھتا رہا۔ جب دسویں جماعت کے امتحانات قریب آئے تو امی نے میرے ہاتھوں میں پاسپورٹ لاکر رکھ دیا۔ سعودی عرب میں میری ملازمت کا بندوبست ہو گیا تھا۔ میں نے امی سے التجائیں کیں کہ مجھے دسویں پاس کرنے کا موقع دیں۔ وہ میری التجا کو ٹھکرا دیکھ کر پھر رونے لگیں۔"

افسوس! بعض عورتیں بیوی کے روپ میں آنسو بہا کر نا کام ہو جاتی ہیں تو آنسوؤں کا وہی حربہ اپنے بچوں پر آزماتی ہیں۔ میں نے پوچھا۔

'پھر کیا ہوا۔؟"

'پھر نوزیہ آگئی۔ اس نے امی سے کہا کہ مجھے تعلیم مکمل کرنے دیں۔ امی کو جب پتہ چلا کہ میں اور نوزیہ ایک دوسرے کو چاہتے ہیں تو وہ خوشی سے کھل گئیں۔ وہ شروع ہی سے کسی بڑے گھر کی لڑکی کو بہو بنا کر لانا چاہتی تھیں۔ انھوں نے مجھے دوسرے کمرے میں لے جا کر کہا۔

"ارے پگلے۔ تو نے پہلے کیوں نہ بتایا کہ فوزیہ تجھے چاہتی ہے۔ اب تو میں تجھے ملک سے باہر نہیں بھیجوں گی ــــ فوزیہ کے پپا تجھے کسی محکمے میں افسر لگا دیں گے۔ تو دسں جماعت پاس کر لے ــــ!"

دوسرے دن امّی فوزیہ کے ہاں رشتہ مانگنے گئیں۔ وہاں ان کی بڑی بے عزتی ہوئی ــــ فوزیہ کے پپا نے غصّہ سے کہا۔

"ناہید! اپنی اوقات سے بڑھ کر بات نہ کرو۔ تم برسوں پہلے اپنے شوہر کے لئے آئی تھیں کہ میں اسے اسکول کا ہیڈ ماسٹر بنا دوں۔ تمہارے شوہر نے بعد میں میری جو بے عزتی کی، اُسے میں بھول نہیں سکتا۔ اس کے باوجود مجھے تمہاری غریبی پر ترس آیا تو میں نے تمہارے بیٹے کو سعودی عرب بھیجنے کا بندوبست کر دیا ــــ یہ سچ ہے کہ چھوٹے لوگوں کو زیادہ منہ نہیں لگانا چاہئیے۔ اب تم اتنی منہ چڑھ گئی ہو کر اپنے چھوکرے کے لئے میری بیٹی کا رشتہ مانگنے آگئی ہو۔ نکل جاؤ میرے گھر سے۔ اور خبردار! کبھی ادھر کا رُخ نہ کرنا۔ ۔ ۔ ۔"

امّی وہاں سے روتی ہوئی واپس آگئیں ــــ ان کی زبانی تمام باتیں سنکر مجھے بہت غصّہ آیا ــــ ایک گھنٹہ بعد فوزیہ مجھ سے ملنے آئی ــــ میں نے اسے خوب سنائیں ــــ وہ روتی ہوئی بولی۔

"آپ مجھے غصّہ کیوں دکھا رہے ہیں۔ اگر پپا کا فیصلہ میرا فیصلہ ہوتا تو میں یہاں کبھی نہ آتی۔"

امّی نے کہا۔

" فوزیہ! اگر تم میری بہو بننا چاہتی ہو تو ابھی فیصلہ کرو کہ میرے عامر سے شادی کرو گی — کل جمعہ کا مبارک دن ہے۔ میں تم دونوں کا نکاح پڑھوا دوں گی۔ شادی کے بعد پھر تمہارے پپا مخالفت نہیں کر سکیں گے۔"

فوزیہ اتنا بڑا قدم اٹھاتے ہوئے ہچکچا رہی تھی۔ وہ مجھے دل و جان سے چاہتی تھی۔ انکار بھی نہیں کر سکتی تھی۔ پھر امّی نے اسے پیار و محبت سے سمجھایا تو وہ اپنے والدین سے بغاوت پر آمادہ ہو گئی — امّی نے میرے نانا نانی اور ماموں ممانی وغیرہ کو اپنا راز دار بنا کر دوسرے دن گھر میں بلایا اور ہمارا نکاح پڑھوا دیا۔

اس رات فوزیہ دلہن بن کر ہمارے گھر میں رہی۔ دوسرے دن امّی نے فون پر فوزیہ کے والدین کو بتا دیا کہ فوزیہ اب اُن کی بہو بن گئی ہے — یہ خبر سنتے ہی اس کے والدین دوڑتے چلے آئے۔ پہلے تو انہوں نے بہت گرمی دکھائی — پھر بات نہ بنی تو نرمی سے کہا۔

" اچھی بات ہے — جو ہونا تھا، وہ ہو گیا — مگر فی الحال یہ بات چھپا کر رکھی جائے — ہم فوزیہ کو لے جاتے ہیں۔ تم اگلے جمعہ عامر کی بارات لیکر آؤ — تاکہ چار لوگوں میں ہماری عزّت رہے اور ہم سب کے سامنے بیٹی کو دلہن بنا کر رخصت کریں۔"

امّی راضی نہیں تھیں۔ فوزیہ نے مجھ سے کہا۔

"عامر! میں نے آپ سے وفا کی ــــ آپ کی بن گئی ــــ اب آپ میرے والدین کی عزت رکھ لیں۔"

میں نے امی کو مجبور کیا تو انہوں نے فوزیہ کو اس کے والدین کے ساتھ جانے کی اجازت دے دی ــــ میں غمرافت میں مارا گیا۔ انہوں نے فوزیہ کو کہیں غائب کر دیا ــــ میں امی کے ساتھ وہاں گیا تو ڈرائنگ روم میں فوزیہ کا باپ ایک پولیس انسپکٹر کے ساتھ بیٹھا ہوا تھا۔ ہمیں دیکھتے ہی اس نے کہا۔

"انسپکٹر! یہ وہی دونوں ماں بیٹے ہیں، اس عورت نے مجھے فون کیا تھا کہ میری بیٹی اس کی قید میں ہے۔"

امی نے کہا۔

"قید نہیں کیا ــــ تمہاری بیٹی کی مرضی سے میرے بیٹے کے ساتھ نکاح ہوا ہے۔"

انسپکٹر نے کہا۔

"اگر نکاح ہو چکا ہے تو یہ اچھی بات ہے، آپ مجھے فوزیہ سے ملائیں، میں اس کا بیان لوں گا۔"

"فوزیہ تو یہاں اپنے میکے میں ہے۔" میں نے کہا۔

"بکواس مت کرو ــــ!" انسپکٹر ناگواری سے بولا۔ "وہ یہاں نہیں ہے ــــ تم لوگوں نے اُسے کہیں لیجا کر قید کر دیا ہے۔"

اس بات پر بحث شروع ہو گئی۔ ہم کہہ رہے تھے کہ فوزیہ اپنے والدین کے ساتھ میکے آئی ہے۔۔۔ وہ کہہ رہے تھے کہ ہم نے ایک شریف زادی کو اغوا کیا ہے۔۔۔ فوزیہ کے باپ طفیل احمد نے کہا۔

"تم ثبوت کے طور پر نکاح نامہ دکھاؤ گے۔ تو اس نکاح میں شریک ہونے والے تمہارے تمام رشتے دار بھی حوالات میں پہنچا دیئے جائیں گے۔ جب تک میری بیٹی کو پیش نہ کرو گے، تم لوگوں کے ساتھ مجرموں کا سا برتاؤ کیا جائے گا۔"

ہم ماں بیٹے ناکردہ جرم کی سزا پانے والے تھے۔ جو نکاح نامہ ہم پیش کرتے، وہ اس بات کا ثبوت ہو جاتا کہ میں نے فوزیہ سے زبردستی نکاح پڑھوا کر اسے کہیں قید کر دیا ہے۔ تاکہ وہ قانون کے دروازے تک نہ پہنچ سکے۔ ہماری بے گناہی صرف فوزیہ کی موجودگی سے ثابت ہو سکتی تھی۔ اور ہم نہیں جانتے تھے کہ اسے کہاں غائب کر دیا گیا ہے۔۔۔ طفیل احمد نے ہمیں اپنے بیڈ روم میں لیجا کر امی سے کہا۔

"صاحب۔! تم نے میری عزت کو مٹی میں ملانے کی جو کوشش کی ہے۔ اس کا تقاضہ تو یہ ہے کہ میں تم دونوں کو حوالات پہنچا دوں لیکن اب بھی مصلحتاً سمجھوتہ کرنا چاہتا ہوں۔۔۔ اگر تم وہ نکاح نامہ مجھے دیدو اور عامر میری بیٹی سے دست بردار ہو جائے تو میں

انسپکٹر کو کچھ دے دلا کر رخصت کر دوں گا۔"

میں نے ان کے قدموں پر جھک کر کہا۔

"آپ میری اور فوزیہ کی زندگی برباد نہ کریں۔ وہ میرے بغیر زندہ نہیں رہے گی۔"

انہوں نے مجھے دھکا دے کر فرش پر گراتے ہوئے کہا۔

"میرے سامنے لیلیٰ مجنوں کی کہانی نہ سناؤ۔ فوزیہ کو اپنی غلطی کا احساس ہو گیا ہے۔ اب وہ تمہاری صورت بھی نہیں دیکھنا چاہتی۔ تمہاری ماں اچھی طرح جانتی ہیں کہ اس کی منگنی بچپن ہی میں جعفر سے ہو چکی ہے۔ اگر نکاح نامہ واپس مل جائے تو یہ بات کسی کو معلوم نہیں ہو گی کہ فوزیہ نے تم سے نکاح کرنے کی حماقت کی تھی۔ اس کی شادی اگلے ماہ تک جعفر سے ہو جائے گی۔

میرا دل گواہی دیتا تھا کہ فوزیہ مجھ سے نفرت نہیں کر سکتی۔ مگر امی یہ نہیں چاہتی تھیں کہ میں ناکردہ جرم کی سزا پاؤں۔ انہوں نے کہا۔

" عامر! میں نہیں جانتی تھی کہ فوزیہ نکاح کے بعد بدل جائے گی اب تم بھی اس رشتہ پر لعنت بھیجو۔ میں گھر جا کر نکاح نامہ لے آتی ہوں۔"

میں نے اعتراض کیا۔ ایک بار فوزیہ سے ملنے کی التجا کی مگر امی اب میری سلامتی کے لئے طفیل احمد کا ساتھ دے رہی تھیں۔

میری ایک نہ چلی ــ مختصر یہ کہ امی نے وہ نکاح نامہ لا کر واپس کر دیا۔ میں نے فوزیہ کو طلاق نہیں دی ــ میرے طلاق دینے نہ دینے کا

کوئی اہمیت نہیں تھی۔ کیونکہ اب اس بات کا تحریری ثبوت نہیں تھا کہ فوزیہ کبھی میری شریکِ حیات بنی تھی۔

میں گھر آکر فوزیہ کی جدائی کے غم میں بیمار پڑ گیا۔ وہ ایک رات کی دلہن بن کر آئی تھی۔ وہ ایک رات میری زندگی کا سرمایہ تھی میں اسے کبھی بھلا نہیں سکتا تھا۔ ڈوبتے ہوئے دل سے انتظار کرتا رہا۔ کہ ایک ماہ بعد وہ جعفر کی دلہن بن جائے گی۔ میں دور ہی دور سے اس کی کوٹھی کے چکر کاٹتا تھا۔ مگر اس کوٹھی میں کوئی دولہا بارات لیکر نہیں آیا۔ پتہ چلا کہ شادی کی تاریخ آگے بڑھا دی گئی ہے۔

میرے دل میں پھر امید کی کرن چمکنے لگی۔ دل نے کہا کہ فوزیہ شادی سے انکار کر رہی ہے۔ اس لئے شادی کی تاریخ ٹل رہی ہے۔ اسی طرح اور پانچ ماہ گزر گئے۔ فوزیہ نے شادی نہیں کی۔ میری بے چینی بڑھ گئی۔ اس کی کوئی خبر معلوم نہیں ہو رہی تھی — مجھ سے برداشت نہ ہوا تو میں نے اس کی کوٹھی میں فون کیا۔ دوسری طرف سے اس کی والدہ کی آواز سنائی دی۔ میں نے کہا۔

"میں فوزیہ سے بات کرنا چاہتا ہوں۔"

اس کی ماں نے پوچھا۔

"تم کون ہو اور میری بیٹی سے کیا کہنا چاہتے ہو۔؟"

"میں یہ پوچھنا چاہتا ہوں کہ اس نے ابتک جعفر سے شادی

کیوں نہیں کی ــ ؟"

"شٹ اپ ــ تم کون ہوتے ہو پوچھنے والے ؟"

"ممی ! غصہ کرنے کی بجائے ٹھنڈے دل سے سوچیں۔ آپ ایک عورت ہیں ــ ماں ہیں ــ آپ کی بیٹی پر جو ظلم ہو رہا ہے ۔ آپ ماں کے ناطے سے کیسے برداشت کر رہی ہیں ۔ ؟"

وہ چپ رہیں ۔ شاید ٹھنڈے دل سے سوچ رہی تھیں ۔ میں ایک ماں کی دکھتی رگ کو چھیڑنے میں کامیاب ہو گیا تھا ۔ پھر مجھے ہلکی سی کلک کی آواز سنائی دی ۔ انہوں نے ریسیور رکھ دیا تھا ۔

دوسرے دن میں نے پھر فون کیا ــ اس بار ایک ملازم نے فون اٹھایا ــ میں نے کہا ۔

"میں بیگم طفیل احمد سے بات کرنا چاہتا ہوں ۔"

جواب ملا کہ وہ پچھلی رات شہر سے باہر گئی ہیں ۔"

اس کے بعد تین ماہ تک فوزیہ کی والدہ سے رابطہ قائم نہ ہو سکا ۔ آج ــ ابھی ، یہاں آنے سے پہلے میں نے اس کوٹھی میں فون کیا ــ تو دوسری طرف سے آواز سنتے ہی میرا دل دھڑکنے لگا ــ وہ فوزیہ کی آواز تھی ــ میں نے کہا ۔

"فوزیہ ! میں تمہارا عامر بول رہا ہوں ــ تم کہاں گم ہو گئی تھیں ــ ؟"

"عامر !" اس کے اندازِ تخاطب میں تڑپ اور بے چینی تھی ۔

وہ بولی ۔" میں یہاں سے فرار ہو کر تمہارے پاس پہنچنے ہی والی تھی. اچھا ہوا تم نے رابطہ قائم کر لیا ـــ ہم لٹ رہے ہیں عامر! میں تمہاری ایک بیٹی کی ماں بن چکی ہوں، مگر بیٹی میرے پاس نہیں ہے ـــ !"

میں نے کہا۔

"تم خوشخبری بھی سنا رہی ہو ـــ اور مایوس بھی کر رہی ہو ـــ بتاؤ تو ہماری بیٹی کہاں ہے ؟"

"میں کیا بتاؤں ـــ زچگی کے بعد میں بے ہوش ہو گئی تھی۔ ہوش میں آنے کے بعد مجھے بتایا گیا کہ بچہ پیدا ہونے کے بعد مر گیا۔ میں نے رو دھو کر صبر کر لیا۔ مگر آج پپا کا ایک ڈرائیور میرے پاس آیا۔ اس نے کہا۔

"بی بی جی ! اگلے ماہ میری بہن کی شادی ہے۔ اگر آپ مجھے پانچ ہزار روپے دیں گی تو میں آپ کو ایک راز کی بات بتاؤں گا۔!"

میں نے سمجھا کہ شاید وہ تمہارے بارے میں کچھ بتائے گا۔ میں نے اس کی مطلوبہ رقم دینے کا وعدہ کر لیا ـــ تو اس نے بتایا کہ میری گم شدہ بچی زندہ ہے اور طارق روڈ کے پیچھے ایک کچرا گھر ہے اس میں ایک بوڑھے کے پاس ہے۔ یہ سنتے ہی میں نے ممی کے پاس جا کر ان کا گریبان پکڑ لیا۔ پھر چیخ کر بولی۔

"آپ کیسی ماں ہیں؟ کیا آپ مجھے کسی کچرا گھر میں پھینک سکتی

ہیں۔؟ اگر نہیں تو بتایئے میری بیٹی کو کہاں پھینکا ہے۔۔۔ کیوں پھینکا ہے؟"

ممی نے روتے ہوئے کہا۔

"بیٹی! میں نے یہ ظلم نہیں کیا۔ تم نہیں جانتیں کہ تمہارے پپا نے بہت پہلے ہی مجھ سے کہا تھا کہ میں کسی لیڈی ڈاکٹر کے پاس تمہیں لیجا کر بچے کو ضائع کردوں۔ مگر تم نے چار ماہ تک یہ بھید چھپائے رکھا تھا۔۔۔ بچے کو ضائع کرنے کا وقت گزر گیا تھا۔ اس لئے انہوں نے صبر کیا۔۔۔ جب بچی پیدا ہوئی تو میں ان کے راستے کی دیوار بن گئی۔۔۔ میں نے ان سے کہا کہ بے شک آپ اپنی عزت کی خاطر بچی کو نوزیہ سے الگ کردیں۔ مگر اسے ہلاک نہ کریں۔ انہوں نے میری بات مان لی۔ میں نے اپنی تسلی کے لئے تمہارے ماموں کو ان کے ساتھ بھیج دیا۔ وہ دونوں کار کی پچھلی سیٹ پر بچی کو باسکٹ میں رکھ کر کہیں لے گئے۔ واپسی میں تمہارے ماموں نے بتایا۔ کہ اسے پانچ ہزار روپے کے ساتھ ایک کچرا گھر میں چھوڑ دیا گیا ہے۔"

نوزیہ فون پر ساری داستان سنا رہی تھی۔۔۔ پھر اس نے آنسو بھرے لہجے میں کہا۔

"عامر! وہ ہماری محبت کی نشانی ہے۔ فوراً وہاں جاکر اسے حاصل کرو۔ نہیں تو میں مر جاؤں گی۔"

میں نے اس سے وعدہ کیا۔۔۔ اس نے بھی وعدہ کیا کہ جب

میں فون پر اُسے بچی کے ملنے کی خوشخبری سناؤں گا تو آج رات وہ میرے گھر چلی آئے گی اور مجھے ساری داستان سُنائے گی کہ کس طرح اسے شہر سے دور لے جاکر قید کیا گیا تھا — بہرحال میں اپنی بچی کو لینے یہاں آگیا — آج تقدیر مہربان ہے میں سوچ بھی نہیں سکتا تھا کہ میری بیٹی اپنے دادا کی گود میں کھیل رہی ہوگی۔!"

یہ کہہ کر عامر خاموش ہوگیا — میں نے بیٹے کو مسکرا کر دیکھا پھر پوتی کو سینے سے لگا کر کہا۔

"بچوں کو تمام جائز حقوق ملنے چاہئیں۔ تمہارا حق ہے کہ تمہیں باپ کی محبت اور توجہ ملے — میں تمہیں آگے پڑھاؤں گا یہ بچی بھی اپنا حق چاہتی ہے کہ اسے تمہاری اور فوزیہ کی گود ملے — تم بچی کو لیکر یہاں بیٹھو میں اپنی بہو کو یہاں لیکر آؤں گا۔"

"اباجان! اب اس کچرا گھر میں بیٹھنا کیا ضروری ہے؟ میں بھی آپ کے ساتھ چلوں گا۔"

"نہیں بیٹے! ہر شخص کا محاسبہ ہونا چاہیئے۔ جس نے جو کچرا پھینکا ہے، وہ اپنا کچرا سمیٹنے آئے گا۔ تم مجھے اپنی امی۔ اور فوزیہ کا پتہ بتاؤ۔"

میں پتہ معلوم کرنے کے بعد کچرا گھر کے اندر گیا۔ وہاں سے اپنی جمع پونجی اُٹھائی — کُل بائیس روپے ستر پیسے تھے۔ لنڈے بازار کا ایک سوٹ رکھا ہوا تھا — آنے والا دن میرے لئے عید کا

دن ہوگا۔ اور آج کی رات "شب برات" تھی۔ اس لئے اب غسل کرنا اور کپڑے بدلنا لازمی تھا۔

میں نے ایک حمام میں جاکر بال کٹوائے، شیو بنوایا۔ غسل کرنے کے بعد لباس تبدیل کیا۔ میرا حلیہ ایک دم ہی بدل گیا۔ آئینے میں خود دیکھ کر یقین نہیں آرہا تھا کہ وہ ضدی اور اصول پرست اسکول ماسٹر دوبارہ زندہ ہو گیا ہے۔

ناہید کے دروازے پر پہنچ کر میں نے دستک دی۔ یہ وہ دروازہ تھا جہاں سے میں ہمیشہ خالی ہاتھ واپس جاتا تھا۔

دروازہ کھلا تو ناہید یوں سہم گئی جیسے مُردہ رات کے وقت زندہ ہو کر سامنے آگیا ہو۔ میں نے پوچھا۔

"مجھے پہچانتی ہو؟ پچیس برس سے ہمارے درمیان اصولوں کی جنگ جاری ہے۔ آج میں اس کا نتیجہ سننے آیا ہوں۔"

وہ دونوں ہاتھوں سے منہ چھپا کر رونے لگی۔ میں نے اندر آکر دروازے کو بند کیا تو وہ میری گردن میں بانہیں ڈال کر بڑی مدت کے بعد میری آغوش میں چھپ گئی۔

"میں ہار گئی۔ میں آپ کو پریشان کرتی رہی۔ شاید اس طرح میرے گھر میں اونچی کوالٹی کا فرنیچر، سنگار میز اور ریفریجریٹر جیسا سامان آجائے گا۔ آپ بے ایمانی پر آمادہ نہ ہو سکے تو میں نے عامر کے ذریعہ ہاتھ پاؤں مارے۔ مگر کچھ بھی حاصل نہ ہوا۔

میرے بیٹے کی تعلیم چھوٹ گئی۔ وہ دن رات پریشان رہتا ہے۔ اکثر راتوں کو میں نے سنا ہے، وہ نیند میں کراہتے ہوئے فوزیہ کو پکارتا ہے۔ اس کی کراہیں سنکر میرا کلیجہ کٹنے لگتا ہے۔ میں کیا کروں؟"

"جب تم ہار چکی ہو تو اب کچھ نہ کرو۔ میں کروں گا۔ میں ہارنے کے بعد ایک بار پھر میدانِ عمل میں آگیا ہوں۔ عامر سے ملاقات ہوچکی ہے۔ اور ایک خوشخبری سنو۔ ہماری ایک بہت ہی خوبصورت سی پوتی ہوئی ہے۔"

ناہید نے چونک کر مجھے حیرانی سے دیکھا۔ میں نے کہا۔

"تمہیں بتانے کے لئے بہت سی باتیں ہیں۔ چلو ہم بہو کے پاس چلیں۔ میں راستے میں تمہیں سب کچھ بتا دوں گا۔"

وہ مجھ سے الگ ہو کر ایک صندوق کے پاس گئی۔ پھر اسے کھول کر میرا ایک پرانا لباس نکالا۔

"جب میں آپ کے گھر سے آخری بار نکل کر آئی تو اپنے ساتھ آپ کا یہ لباس لے آئی تھی۔ آپ کے لباس سے عجیب سی بو آرہی ہے۔ آپ اسے بدل لیں۔"

میں نے کہا۔

"تعجب ہے! مجھ سے عداوت رہی اور میرے لباس کو بڑے جتن سے سنبھال کر رکھا ہے۔"

وہ سر جھکا کر بولی۔

" عداوت آپ سے نہیں، آپ کے اصولوں سے تھی۔ اب وہ بھی نہ رہی۔ جب عامر سو جاتا تھا۔ تب میں آپ کا لباس سینے سے لگاتی تھی۔ اسے چومتی تھی۔ پچھتاتی تھی۔ پھر آپ کو آنسوؤں سے پکارتے پکارتے سو جاتی تھی۔"

عورت کیسا ہے؟ زحمت بھی ہے اور محبت بھی۔ وہ اپنی ضد اور انانیت کے ہاتھوں گھر کو جہنم بناتی ہے۔ شوہر سے الگ ہو جاتی ہے مگر اس کے لباس کو یا اولاد کو سینے سے لگا کر رکھتی ہے۔ یہ بھی محبت کی ایک ادا ہے۔ لیکن بڑی مہنگی ادا ہے۔

لباس تبدیل کرنے کے بعد ناہید کے ساتھ طفیل احمد کے گھر کی طرف روانہ ہوا۔ راستے میں میں نے اپنی پوتی کے ملنے کی ساری داستان سنائی۔ ناہید سن رہی تھی اور بار بار خدا کا شکر ادا کر رہی تھی کہ پچیس برس تک کانٹوں میں زندگی گزارنے کے بعد پھول جیسے نازک اور لہو جیسے مستحکم رشتے پھر آپس میں مل رہے ہیں۔

رات کے دس بجے ہم کوٹھی میں پہنچے ۔ فوزیہ کی ممی نے دروازہ کھولا۔ طفیل احمد صوفے پر بیٹھے سگار کا کش لگا رہے تھے مجھے دیکھتے ہی سگار کا دھواں حلق میں پھنس گیا۔ کھانسی کا دورہ پڑ گیا۔ کھانستے کھانستے ان کے دیدے آنکھوں کے حلقوں سے اس طرح ابھر گئے جیسے وہ دیدے پھاڑ پھاڑ کر مجھے دیکھ رہے ہوں

پہچان رہے ہوں — میں نے کہا۔

'طفیل صاحب! اچھی طرح پہچان لیجئے، میں وہی مقتول ہوں، جسے آپ نے ایک طمانچے سے قتل کر کے کوڑا کرکٹ کے قبرستان میں پہنچا دیا تھا— اب یہ مُردہ زندہ ہو کر تمہارا محاسبہ کرنے آیا ہے۔'

وہ کھانستے کھانستے بولے۔

'چلے جاؤ یہاں سے، بھاگ جاؤ۔ ۔ ۔'

'خالی ہاتھ نہیں، ہم اپنی بہو کو لیکر جائیں گے۔'

فوزیہ کی ممی دوسرے کمرے میں جا رہی تھی۔ طفیل احمد نے غصہ سے کہا۔

'یہاں تمہارا کوئی نہیں ہے — سیدھی طرح چلے جاؤ، ورنہ ملازم دھکّے دے کر نکال دیں گے۔'

'آپ نے پہلے بھی ایک بار اس کوٹھی سے دھکّے دیئے تھے مگر آج تقدیر آپ کو دھکّے دے رہی ہے۔ جو کچھ آپ نے بویا۔ اسے کاٹنے کا وقت آگیا ہے۔ اگر آپ فوزیہ کو ہمارے حوالے نہیں کریں گے تو وہ بچّی ہمارے پاس موجود ہے۔ مجبوراً ہمیں قانون کے ذریعہ فوزیہ کا طبّی معائنہ کرانا پڑے گا۔ تب یہ راز فاش ہو جائیگا کہ آپ کی بیٹی میری پوتی کی ماں بن چکی ہے۔'

طفیل احمد کے چہرے کا رنگ اڑ گیا، ایک مُردے کا چہرہ نظر آنے لگا۔ وہ ہکلاتے ہوئے بولے۔

" تت ۔ تم جھوٹ بول رہے ہو ۔۔۔ کوئی بچی وچی تمہارے پاس نہیں ہے ۔ !"

میں نے ہنستے ہوئے کہا۔

" آپ نے اپنے جرم کو چھپانے کی ہر ممکن کوشش کی ہے لیکن تقدیر کے اس مذاق کو کیا کہا جائے کہ ۳۱ر دسمبر اور یکم جنوری کی درمیانی شب کو آپ کار میں بیٹھ کر کچرا گھر کے پاس آئے۔ آپ کا خیال تھا کہ آپ بچی کو کچرا گھر میں پھینک رہے ہیں۔ مگر قدرت یہ تماشہ دیکھ رہی تھی کہ ایک نانا اپنی نواسی کو اس کے دادا جان کے پاس چھوڑ کر جا رہا ہے ۔ میں وہاں موجود تھا۔ کیونکہ تمہارے اعمال نے مجھے اس کچرا گھر میں دس سال پہلے ہی پہنچا دیا تھا۔"

وہ مجھے گھورتے رہے ۔۔۔ میری باتوں کے وزن کو سمجھتے رہے پھر انہوں نے ڈھٹائی سے کہا۔

" میں سمجھتا تھا کہ اپنی بیٹی کو اپنی مٹھی میں رکھوں گا تو میری عزت رہ جائے گی ۔۔۔ میں تم لوگوں کو بڑی سے بڑی رقم دینے کے لئے تیار ہوں ۔۔۔ تمہارے بیٹے کو اچھی ملازمت کے لئے ملک سے باہر بھیج دوں گا ۔۔۔ تم لوگ فوزیہ کا خیال چھوڑ دو ۔۔۔ وہ جعفر سے شادی کے لئے راضی ہے ۔۔۔ اسی لئے میں اسے یہاں لایا ہوں۔"

ان کی بات ختم ہوتے ہی فوزیہ کی ممی دوڑتی ہوئی آئیں۔ پھر ایک تہہ کیا ہوا کاغذ اپنے شوہر کی طرف بڑھاتے ہوئے کہا۔

"فوزیہ راضی کب تھی ___ آپ اُسے فریب دے رہے تھے بیٹی آپ کو فریب دیکر یہاں آگئی تاکہ یہاں سے فرار ہونے کا موقعہ مل جائے ___ اِسے پڑھیئے۔ وہ اپنی بچی کے پاس کچرا گھر پر گئی ہے۔"

"کچرا گھر ___؟" طفیل احمد نے بوکھلا کر کہا ___ اس کاغذ کی تحریر کو پڑھا ___ پھر بھاگتے ہوئے باہر گئے۔ ہم سب ان کے پیچھے دوڑے۔ فوزیہ ان کی کار لے گئی تھی ___ انہوں نے ملازم سے چیخ کر کہا۔

"جاؤ بھاگو ___ جلدی سے ایک ٹیکسی لیکر آؤ۔"

ملازم بھاگتا چلا گیا ___ وہ اضطراب کی حالت میں کوٹھی کے احاطے سے باہر آئے۔ ہم ان کے پیچھے لگے ہوئے تھے۔ انہوں نے جھلا کر کہا۔

"تم لوگ میرے پیچھے کیوں آ رہے ہو۔ سب لوگ چلے جاؤ یہاں سے ...."

فوزیہ کی ممی نے کہا۔

"آپ نے ابتک اپنی سی کوشش کرلی ___ لیکن ہونے والی بدنامی بدستور پیچھا کررہی ہے ___ بہتر ہے آپ اب گھر میں بیٹھ رہیں بیٹی اپنی سسرال پہنچ گئی ہے۔"

انہوں نے گھور کر اپنی بیوی کو دیکھا ___ میں نے کہا۔

• بچی کے سلسلے میں رپورٹ درج ہو چکی ہے۔ آپ زندہ رہیں یا مر جائیں۔ یہ مقدمہ عدالت تک پہنچے گا؟
اتنے میں ٹیکسی آگئی ۔ طفیل احمد سے پہلے ہی ہم لپک کر ٹیکسی میں بیٹھ گئے ۔۔۔ وہ انکار نہیں کر سکتے تھے۔ مجبوراً انہیں بھی بیٹھنا پڑا۔
راستے میں فوزیہ کی ممی نے کہا۔
• میں تسلیم کرتی ہوں کہ میری بیٹی آپ کی بہو ہے۔ اگر آپ چاہیں تو ہم سب مل کر اس بدنامی سے بچ سکتے ہیں۔ ہم یہ بیان دیں گے کہ بچی پیدا ہوئی تو کوئی بد معاش اسے اٹھا کر لے گیا تھا۔ اور کچر اگھر میں یہ جا کر پھینک دیا تھا۔۔۔ ایسی ہی بہت سی باتیں بنائی جا سکتی ہیں۔"
میں نے کہا۔
" سچائی کو بنانے کی ضرورت نہیں ہوتی۔ وہ خود بنتی چلی جاتی ہے۔۔۔ آپ سب جانتے ہیں کہ میں نے دیانت داری سے تعلیم دینے کے لئے اپنی بیوی اور اپنے بچے کو چھوڑ دیا۔ آپ کے شوہر کے احکامات کو ٹھکرا دیا تھا ۔۔۔ زندگی کے دس برس کچراگھر میں گزار دیئے ۔۔۔ میں آج بھی وہی پتھر ہوں۔
محترمہ! بچوں کے عالمی سال میں بڑوں کا محاسبہ ہوگا کہ ہم اسکول کے بچوں کے ساتھ، اپنے عامر اور اپنی فوزیہ کے ساتھ اور

اپنی نواسی اور پوتی کے ساتھ کس طرح خود غرض ہو کر سلوک کرتے ہیں — نئی نسل کی سوئی میں جو زہر ہوتا ہے، وہ ہماری غلط پرورش اور روش کے چور دروازے سے اُن کے دماغوں میں پہنچتا ہے۔ ان معاملات میں نظام الدین اسکول ماسٹر سے سمجھوتہ ناممکن ہے۔"

ہماری ٹیکسی کچرا گھر کے قریب پہنچ گئی۔ وہاں طفیل احمد کی کار کھڑی ہوئی تھی۔ ہم نے ٹیکسی سے باہر آکر دیکھا۔ کچرا گھر میں ایک موم بتی روشن تھی — فوزیہ دیوار کی طرف منہ کئے میری پوتی کو دودھ پلا رہی تھی — عامر اس کے پاس بیٹھا ہوا تھا۔ فوزیہ نے سر گھما کر دیکھا۔ پھر اونچی آواز سے بولی۔

"پپا! اگر آپ جھوٹی عزت کا کفن لپیٹ کر آئے ہیں تو یہیں مر جائیے — آپ کو پپا کہتے ہوئے میری زبان جلتی ہے — رسولؐ اللہ کا حکم تھا کہ بیٹیوں کو زندہ دفن نہیں کیا جائے گا — آپ کیسے مسلمان ہیں؟ آپ نے میری بیٹی کو کچرے کی قبر میں زندہ دفن کر دیا تھا — آپ کے دماغ میں کیسا کچرا بھرا ہے۔؟"

یہ کہتے ہی وہ پھوٹ پھوٹ کر رونے لگی — ہماری آنکھیں بھی بھیگنے لگیں — درد کے رشتے محبت سے آنسو بہا رہے تھے۔ طفیل احمد ہولے ہولے بڑبڑا رہا تھا۔

"بیٹی! رات ہے۔ سناٹا ہے۔ دوسرے لوگ نہیں دیکھ رہے ہیں۔ اب بھی وقت ہے — میری عزت رکھ لو — واپس چلو بیٹی......"

ایسا کہتے وقت وہ بھی رو رہا تھا — مگر آنسوؤں میں بھی فرق ہوتا ہے۔ اس کے دماغ کے کباڑ خانے سے آنسو کچرے کی طرح آنکھوں کے راستے بہہ رہے تھے۔!

خَتم شُد